WONIU DE SHIJIE

蜗牛的世界

广西师范大学出版社
·桂林·

刘翠婵 著

图书在版编目（CIP）数据

蜗牛的世界 / 刘翠婵著. -- 桂林：广西师范大学出版社, 2025.8. -- ISBN 978-7-5598-8359-9

Ⅰ.I267

中国国家版本馆CIP数据核字第2025VN4925号

广西师范大学出版社出版发行

(广西桂林市五里店路9号　邮政编码：541004)
网址：http://www.bbtpress.com
出版人：黄轩庄
全国新华书店经销
广西广大印务有限责任公司印刷
(桂林市临桂区秧塘工业园西城大道北侧广西师范大学出版社集团有限公司创意产业园内　邮政编码：541199)
开本：787 mm × 1 092 mm　1/32
印张：8.125　　　字数：130千
2025年8月第1版　　2025年8月第1次印刷
定价：45.00元

如发现印装质量问题，影响阅读，请与出版社发行部门联系调换。

序

有诗的光亮也有草木的葳蕤
——刘翠婵和她的散文

一

这世间美好的文学是值得捧在手心里的。有些人热闹地写着,名满天下,文章锦绣;有些人安静地写着,默默无闻,文章也芬芳。无论热闹抑或安静,殊途同归,莫不指向美好而智慧的缪斯女神。

于我这个职业阅读者而言,我更钟情于那些偏居一隅、默默写作的人,他们没有累人的文学声名,也没有疲于应酬的文学圈层,只有认真而纯粹地写着,日复一日地写着。往往,他们的笔端更容易捕捉到那只时隐时现于云端的文学神鸟,他们的写作更容易带给我们文学的惊喜。钱锺书先生说显学易成俗学,作文章亦如此,名家易成俗家。文学的本质多在于"隐"和"悟"——隐于市或隐于野,低调而安静,一生体悟,一心琢磨,写出那种充沛、智慧、灵动的文字来。

这里,我想谈的是刘翠婵和她的散文。翠婵住在海边小城霞浦,素颜朝天,默默而纯粹地写着,如田间劳作的农人一般,日出日落,不疾不徐,一丝不苟,心灵手巧,写下了一篇篇闪动着诗的光亮、涌动着草木葳蕤般生机勃勃的文字。我要感谢这些文字,它们让我品尝到了文学的万千滋味。

二

写散文的刘翠婵,本质上是个诗人,或者说她的写作表现出浓郁的诗性特质:对世间人事敏感、细腻,且具洞察力,有悲悯之情;讲究词语和句子的节奏和气息,自然流畅,文白镶嵌,有雅韵,语言上精挑细拣如沙河里敬业的淘金人;她的文章篇幅都不长,多用短句子,从句子到篇幅都有诗的精练。

黑格尔认为艺术的最高形式是诗。这里的诗,既指诗歌体裁，也指艺术的造诣——诗性。昆德拉将诗性定义为一部作品所能"接受的最高苛求"，他提出"小说是关于存在的一种诗性思考"。那么，散文的诗性呢？当然指散文的抒情性，语言的诗意化，更深层的是指散文的灵性、轻逸之美，从语言到内容再到题旨的朴素、脱俗与深刻。本质上，诗性是作品艺术性高低、强弱的刻度，是艺术的终点站。

我以为，翠婵的写作为"散文的诗性"这一美学话题提供了文本范例。这也让她的散文从众多冗长、乏味、迟钝的散文中脱颖而出，有了自己的样子和情态：用精练灵动的语言进入平常生活和起伏人生（分离的亲情、远去的故乡、海岛的记忆、街坊的邻里等等），发现并赋予它们别样的美感和精神力量，此即诗性。诗性的光亮从她的文字中闪烁出来，不仅照亮了她的写作，也照亮了散文这一文体。

仅以开篇之文《木菊》为例。"不知孤苦是不是最苦的苦"，"从没把她与花联系起来，故去十多年后，想起天上的祖母，始知木菊就是花，虽寻常，却有异质，如她风雨一生"……这些句子很有诗性，简练，朴素，读时有强烈的韵律感，是生活的结晶体，既是人事的一种总结又是一种敞开，阅读的吸引力由此生成。写祖母之作汗牛充栋，易乏味，但读过翠婵笔下的《木菊》之后，觉得这位祖母必须写，因为作者写出了一位我们熟悉又陌生、平常又卓越的大众祖母。此文最大的诗性在于书写的异质化。一是写一位祖母经历的异质化。她活了93岁，一生只两次远行，每一次都是天涯海角般的远行，细节的独创性让祖母的人生故事充满叙事张力。二是写一位祖母精神的异质化。她吃尽人生苦，却一辈子活得硬气，作者写道："想来祖母所有的硬气，都用来抵抗世道的坚硬。"文章巨大的情感空间和精神空间在这一刻释放开来，打动了我，我觉得这是一位品性无比美丽的祖母，她身上散发着诗性光芒。

赋予经验和现实巨大而神秘的美感和力量就是一种诗性的达成。

所谓散文的诗性，即"超越一切之上寻找美"（昆德拉语）的意图。无疑，翠婵的散文拥有这种写作意图和叙事美德。

三

翠婵写了乡间的草,写了海岛的风,有时写得小心翼翼——有节制地寻找那些暗含着生命力的细节;有时写得汪洋恣肆——任压抑的情感恣意迸发。无论哪一种写法都暗含着生命力的坚韧和勃发。

她写道:盛开的草,漫山遍野站着,站成村庄一季一季的依靠。

她写道:风忽而在山腰上漫游,惹起草浪连连,汹涌着追逐着奔向山的尽头。

风吹草木,万物葳蕤。这成为我读完翠婵全部散文之后留在脑中的一个阅读意象。为何会如此?大约因为翠婵散文呈现出的流动感和生命力打动了我,它们如葳蕤的草木一般,在文字间或"漫山遍野站着"或"汹涌着追逐着"。

这是散文充满生机活力的表征。

散文写作的触角伸达之处,无非情感(亲情、乡情)、历险(经历、经验)、论说(哲理、思考)、文史(文化、历史)等几样,问题在于,如何把情写出真、把经历写出险、把理写透、把文史写晓畅,才是散文之职责。

翠婵的散文也没有离开这些题材，家族故事，故乡记忆，城市生活，人物小记，诸如此类，但是她的散文成功地避开了南朝范晔所说的"事尽于形，情急于藻，义牵其旨，韵移其意"（意思是叙事流于表面，急于言情而忽略文彩，辞不达意影响主题表达，过分注重音律而妨碍文意）的写作险滩。翠婵的散文写作如在阳光下晾晒被子，把漫长的岁月挤去水分，把繁复的人事撑挓平整，把人生的感知晾晒开来。

翠婵说："我的世界，大抵是一只蜗牛的世界。"但是写作，让她把"一只蜗牛的世界"变成了一个宽广无边的世界，那里是心灵的世界。因为她的文字里，不仅有诗的光亮，也有草木的葳蕤。

翠婵的散文有了自己的艺术个性和辨识度，她的散文会被更多的读者读到和喜欢。我期待她在写作上走得更远，继续默默而纯粹地写下去。

石华鹏

（文学评论家、《福建文学》常务副主编）

2024年10月12日　福州黎明街

目 录

第一辑　时时刻刻

3　　木　菊

8　　远远的台湾　近近的台湾

12　　背包里有一只煎鱼

15　　远　去

19　　时时刻刻

22　　倒　影

32　　我哥刘伟雄

36　　穿过风

40　　在隐秘的水边

44　　真先生

第二辑　伤　逝

51　　伤　逝

54　　山路又远又长

60　　初春叙事

63　　亲亲故乡草

69　　清明乡间

72　　庄稼开花

第三辑　尘的世

79　　尘的世

82　不辞而别，或永别

85　野猪进村

88　从凌晨两点开始的日子

92　骨头坏了

95　路　人

99　扫　尘

103　银杏树下

第四辑　且行且温暖

111　太姥蓝

116　霞浦：慢游　漫游

131　嵛山岛：瓷器一样的时光

135　枫行杨家溪

138　山城老时光

141　东冲颜色

145　蝴蝶飞过

149　风从海上来

153　阳朔的雨　池上的云

157　细节里的台湾

162　半月里往事

167　神在人间

171　茶来茶去

189　春来黄花

193　且行且温暖

第五辑　所有的夜晚都会过去

201　在机场等候

206　愿你在天堂有爱人
　　　　——给安徒生

209　没有星辰，也没有大海

213 啥叫好

217 宽　心

220 向内的疼痛

　　　——读谢宜兴的诗

224 剩在人间的凛冽

　　　——读汤养宗关于清明的诗

231 带着桃子的书去台湾

236 所有的夜晚都会过去

　　　——《世界上所有的夜晚》读后

240 天堂，有时只是一个村落

第一辑

时时刻刻

木　菊

木菊，不是花，是我的祖母。

在人世九十三年，祖母只有过两次远行。一次从海岛到山区，一次从大陆到台湾。

祖母第一次远行时，已经六十岁。

1971年除夕前日，祖母随一家人被遣离乡，舟车颠簸两日才辗转来到一个叫丁步头的地方。寒冷的冬夜，没有一户人家可以一口气收留七口人。次日，好心的村人合计，把牛牵出牛栏，铲走牛粪，撒上草木灰，牛栏就是个遮风避雨的地方了。年迈的祖母和我们在牛栏里度过异乡的第一个春节。从此，他乡成故乡。

祖母生性倔，脾气烈。花甲之年经此周折，她的脾气变得更烈，以致至死不说异乡话，只说老家的福州话。村人总是用当地方言呼她"阿婆"，她一概以福州话回应。"硬"得村里人都有点怕她，有时他们会善意地嘀咕：阿婆真坏。

为了一棵竹子，祖母硬气得让村里村外的人都见识了她的"坏"。到村里次年，在村人的帮助下，家里有了一座属于自己的小房子，只是远离村人的房子，孤单地立在山边。父亲在门前屋后种下很多树，以及两丛麻竹。种竹是为遮风，也为砍柴时自家就有现成的竹篾捆柴火。有阵子，竹子老是被邻村的人偷偷砍倒做篾条。祖母气不过，有一天终于撞到一个偷砍竹子的人，她用故乡话直骂得那人灰溜溜地逃走。祖母一骂出名，但自此竹子却是安全许多。

祖母嗜烟。七十多岁时，她居然把烟戒了，起因是与父亲因抽烟起争执。当时抽的是水烟，母子共用一个水烟筒。一次，父亲劳作回来，发现烟板抽没了，暴脾气的父亲顿时发火。其实，那把烟筒并不是祖母和父亲专用的，过路的村人偶尔在家里歇个脚，也会抽上几口。那天路过的村人多了几个，就把烟抽没了。祖母听不得父亲的埋怨，硬硬地撂下一句话："这辈子再也不抽了。"以为只是气话，但祖母第二天果真就不再抽烟，之后竟一口都没抽过。至于酒，祖母倒是一直喝到老，喝酒之风也硬朗。她不习惯小酌，很少就着菜喝，喝时少与人言语，小半斤酒，几口就饮尽，饮尽就离桌。

印象中，祖母有时硬得没有道理。古稀之时，姑姑病逝。消息从海岛传来，祖母如常扫地喂鸡煮饭拔草，她甚至没回海岛。偶尔，祖母会一边喂鸡食一边喃喃说："人都死了，回去又有啥用……人要死有什么法子，早点死就少受罪……"她说给鸡鸭牲畜听，说给穿过院子的风听，说给柴堆上的猫狗听，却独独不说给人听。只是有时，在昏暗的屋角，祖母会摩挲着姑姑买给她的发簪出神，在无人处撇去眼角的泪湿。祖母有句口头禅——"好死不死"。难时苦时，她用这句话骂别人，也用这句话骂自己，似乎恨不得把自己咒死。

硬气的祖母在八十多岁的时候，遇上台湾开放探亲，她无论如何都要去台湾看大儿子。在山里过了二十多年，祖母的活动范围大抵是从家到一百多米远的桥头、三十多米远的水井，但是谁也无法阻止祖母人生中的第二次远行。

当时还未直航,从霞浦到福州,福州又深圳,深圳过关到香港,香港飞台北,台北又基隆……山一程水一程,小脚的祖母一步也没落下。深圳过关时,在汹涌的人潮中,白发的祖母又硬上了,不让二哥背她,执意自己走过去。苦过千山万水,这日思夜想的一步,祖母是怎么也不愿被背过去的。

不知孤苦是不是最苦的苦。

山中的日子,父母要下地劳动,孩子们要去上学,大多时候,祖母都是一个人守着孤零零的房子。无人言语的日子,收音机就成为最好的陪伴。祖母喜欢听戏,黄昏时咿咿呀呀的唱戏声从匣子里传出来的时刻,就是无人的世界里最热闹的场景。听多了,祖母也会哼几段,若是她哼了,定是暂时忘了现世的苦。

那时每天上下午都会有一趟来自县城的班车,在村口停几分钟。大约车到的时间,祖母就会到树下,张望着村口停车的方向。班车要是没停,她会念叨:"今天又没人……"虽然下车的都是陌生人,但看见有人下车,也成了祖母的念想。多少年里,祖母总是这样一个人在树下张望着。祖母很老的时候,满屋都是从外头捡回来的厚纸皮、小木板,母亲一回回把房间收拾妥当,没多久，祖母又捡新的摞在床底和房角，这些无用的东西，也许是她孤苦中莫名的陪伴。

想来祖母所有的硬气，都用来抵抗世道的坚硬。

即便在死后埋葬的方式和地点上，祖母依旧坚硬。晚年时大哥好几次试探着问："如果不在了，回海岛吗？""随你们，想把我葬哪里就葬哪里。"那时已经提倡火葬，大哥怕她有顾虑，安慰地说着火葬的好，祖母就一句话："我这一世什么没经历过，烧就烧了。"

祖母大名陈木菊，1911年出生在霞浦西洋岛，十四岁嫁人，二十七岁守寡，三十岁大儿子被抓兵去了台湾。我一直以为，菊是花，但木菊不是花。好奇上网一搜，原来木菊又名木槿，是野生植物，亦可家养。它的花香有奇效，强烈的催眠作用会使人瞬间晕倒，有的甚至会连睡好几天，然后自然醒来，所以又有"醉花"之称。自有记忆起，祖母就是老的样子，总是绾着髻，穿着斜襟布衫，三寸小脚颤颤巍巍。从没把她与花联系起来。祖母故去十多年后，想起天上的祖母，始知木菊就是花，虽寻常，却有异质，如她风雨一生。

远远的台湾　近近的台湾

许多新年，经过母亲的岁月，像纷飞的雪，融化，沉寂，无声无息。而这个新年，因为两岸直航的实现，注定要成为母亲的新年。

外公去台湾时，母亲才七岁。为了照顾执意不愿背井离乡的外太婆，她留在了海岛。临行前，外公对母亲说：过些时候，就回来接你。外公食言了，过些时候，他没有回来，一辈子都没有回来。

台湾成了一枚珠泪，挂在母亲的心尖，不能掉落，也无法拭干。又像一颗遥远的星，终日在心里闪着，想着，念着，却永远无法靠近。更多的时候，是一根刺，不能触碰，一碰就痛。

在一个冬天最寒冷的日子里，我们举家迁往远离海岛的偏僻山村。

1980年初春，乡村邮递员给母亲捎来一封信，是外公托朋友偷偷从香港寄回的。收信人的地址是"连江县海岛"。外公离开大陆时，海岛还是连江县管辖。这封信从台湾到香港，从连江到霞浦，又从海岛到我们居住的小山村，几经辗转。虽然信里信外都没有外公外婆在台湾的详细地址，但它却似初春的暖阳，照亮了母亲的思念，成了她长久的煎熬中最明亮的记忆。母亲把信珍藏在小铁盒里，牢牢地锁在抽屉里，生怕它飞走似的。只有在深夜，她才小心翼翼地拿出来一遍一遍地看，一次次地让大哥写回信，虽然明知纵是片言只语也无法寄出。之后两年，母亲又陆续收到外公想方设法从日本和印度尼西亚寄回的信。家书千山万水地走过，有时要从冬天走到春天。

归乡路迢迢。1982年秋，外婆冒险以旅游的名义，取道泰国、中国香港回来。半世流离，再踏上故土，已是三十个春去秋来。回乡的路曲曲弯弯，返台的路一样沟沟坎坎。外婆要走的那一天，母亲四点多就起床，从霞浦到福州，七八个小时的盘山公路，一天就一次班车，错过了，就赶不上去广州的火车。而从福州到广州，又是三四十个小时的日夜兼程。在广州白云机场，母亲问外婆：妈，还会回来吗？外婆无语，回乡的路如此漫长，真的不知道什么时候可以再回来。

最让母亲难以释怀的是，外公病逝两个多月后，母亲才从外婆的来信中得知。那一夜，母亲在灯下一针一针缝制戴孝的麻纱，生离死别的痛，在无边的黑夜里汹涌。那一湾浅浅的海峡，似天河阻隔。亲人远得像在星辰之外，思念纵如潮，也无法抵达彼岸。

星云飞渡，时光在一点点流逝，坚冰也在一点点融化。

1995年初秋，母亲终于第一次踏上赴台探亲的行程，虽然要在香港中转后才能抵台，但比起外婆当初回乡的周折，母亲探亲的路途已是顺当许多。来来去去多了，母亲不免感慨，要是途中不拐个弯就好了。而年事已高的外婆，每次动了回乡的念头，却总是心有踌躇，担心一把老骨头不堪舟车劳顿之苦。

2007年春末，在台湾土生土长的表弟借公司外派大陆出差的机会回了一趟霞浦。小时候他从不知道自己在大陆还有亲人，家人也很少和他提起。成年后才知道个中缘由，才知道自己和海峡对岸血脉相连。工作之余他接拍了一些大陆的广告，往返奔波备尝周转辛苦。后来虽有周末包机，但遇到急事，还是有很多不便。表弟只逗留一个晚上就急着返台，说是早在一周前就订好回台的机票，很多台商都早早订好机票准备回台参加选举，他们心中最热切的期盼，就是直航。表弟开玩笑说，如果直航，一天就可以往返大陆和台湾，中午在大陆这边吃饭，傍晚就可以去淡水大桥看日落，登101大楼赏台北夜景，入夜到台湾最有名的士林夜市品尝风味小吃……他说得眉飞色舞，我听得浮想联翩，似乎那一天指日可待。

那一天真的来到了。2008年12月15日，两岸常态直航首次航班在上海浦东机场起飞。这一刻，海峡上空一定有最轻盈的云朵飘过。在母亲心里，曾经像星辰一样遥远的台湾，已经越来越近。而我白发苍苍的外婆，终于可以在任何一个想家的日子回来了。

背包里有一只煎鱼

母亲过了七十岁生日,就急着要去台湾看望她将近九十岁的母亲。

母亲背着双肩包,拖着拉杆箱过海关。我从没见过她背双肩包的样子,背包有点卡通,前后左右还有许多小口袋,鼓鼓囊囊塞得满满的。安检的时候,年轻的海关姑娘拎了一下背包,结果,没太容易拎起来。"什么东西这么重?拿出来看看。"

一样一样拿出来,裹得严严实实的,报纸塑料袋一层又一层。一层一层撕开,母亲有点忐忑。大包先露出一角,是福州线面,外婆最爱吃的,少说也有七八斤。小包又拆开,露出鱼尾巴,居然是一只煎得双面金黄的大鲳鱼,还是外婆爱吃的。大袋小袋里塞的,全是外婆喜欢的山楂糕。姑娘只善解人意地说了一句:以后不要带这么多了。这就算过关了,母亲长舒一口气,背着背包,有点蹒跚地走向登机口。

其实母亲的拖箱里,没装几件衣服,装的尽是外婆爱吃的茉莉花茶、香菇、鸭舌、海蜇皮……母亲为了能把这只鲳鱼带给外婆,可是想了好久。我们说,不就一只鲳鱼嘛,何必费这么大劲,要是不让过关,不是白煎了。母亲说,要是被扔,那就扔了,说不定可以呢。以为只是说说而已,母亲却当真把一只鱼煎到金黄。

母亲去台湾探亲也不下十次了,之前从不背背包,左拉右拽的,愣是把想带给外婆的美味都带上。可这次不一样,七十岁的她,已经拿不动太多东西,所以,背上了。母亲七岁时,就与父母别离,一别就是三十年。之后零星的见面,母亲总觉太短暂,每次相见,都恨不得把所有好吃的全置齐。

上次探亲的时候,我和母亲一起赴台,结果母亲辛苦准备的美味差点毁在我手上。

飞机在台北松山机场降落的时候,已是黄昏。安静的人流,四合的暮色,裹挟着归家的心绪。很多貌似一样的行李箱在传送带上悠悠地走着,我随手提走貌似的那个箱子,到家了,母亲催促快点开箱。正欲打开箱子的时候,傻了,那不是我们的箱子,一把小小的锁把箱子紧紧锁住。一听说箱子拿错,母亲连说,糟了糟了,螃蟹还在里头。原来,母亲头天居然蒸了几只螃蟹,里三层外三层地包好,放在行李箱里。而粗心的我,眼看着就要把它弄丢。立即返回机场寻找丢失的螃蟹,再返家已是两三个小时之后,当母亲从箱子里拿出失而复得的螃蟹,凑近鼻子闻了又闻:没坏!没坏!说话间竟有一丝孩子般的侥幸。

母亲抵达台北,晚上电话报平安,我问外婆吃了那只煎鱼没有,外婆说要等南投的舅舅赶回台北再一起吃。想着台北板桥大丰里的一条小巷里,并不宽敞的小屋内,温温的灯光下,三个老人,就着一只漂洋过海的煎鲳鱼,说东说西细嚼慢咽的样子,他们花白的头发在灯下,愈发白了……

此时,我很想是那只漂洋过海的煎鲳鱼。

远　去

入夜，母亲电话，说台湾的舅舅走了。

住院之初，就知道他会走的，走了也好，走了，就解脱了。

彼岸的亲人，那些一生没见过几次面、唤过几回的亲人，是越来越少了。海峡之波，从没停止过汹涌，但有些浪，却永远退潮了，大舅就是。

舅舅一生，像浪子。马祖出生，三岁到台湾，童年在新竹眷村，然后台北、板桥。成年后东奔西闯，放浪起来，远近闻名。似乎风风光光，到头来，不过冷冷清清。

舅舅爱美食，哪个犄角旮旯里有美味，都逃不过他。他会为了传说中的卤猪脚,从台北开车三四小时到南部的屏东,尝上一口,再夜返台北。我们去台湾,他恨不得带我们吃遍岛上所有美食。哪里臭豆腐地道,哪里螃蟹宴鲜美,哪里粽子软糯,哪里豆花醇正,都一清二楚。

在阿里山,说啥都要我们尝尝竹筒饭,我们说在大陆也吃过,他不依不饶,说这里的不一样,那竹子特别,竹筒里薄薄的那层竹膜还能挑出来。他驱车去"集集小镇"买话梅粉,说是最好的农家自制话梅粉。芭乐果蘸话梅粉,出奇好吃,一买就是好几罐,还老问"够不够""够不够"。在南投老家,又要去山里吃台湾最正宗的凤梨酥,之后,"微热山丘"成了记忆中最美味的凤梨酥。

初见他,是我出嫁之时,那是他第一次从台湾回来。家乡的风俗,外甥女出门那刻,是要舅舅抱上婚车的。之前二十多年里,我从来没唤过"舅舅"这一称呼,"陌生"的舅舅,也不好意思在众目睽睽之下,抱着"陌生"的外甥女。大家说,那就让舅舅牵着手出门吧。于是,他牵着我走,走过了从家门到车门那短短又长长的路……日后,姐姐总是说:"我结婚的时候,都没有舅舅牵着。"

大哥和大舅性格颇像,说起话来就投缘。母亲赴台探亲,舅舅但凡寻得好茶,觅得好物,就让她带回给大哥,母亲说过不了海关,带不了那么多,他的表情就很无辜:"是雄喜欢的。"

命运里,会有许多离开。是溃堤,是淹没,是不由自主,是蚂蚁啃噬骨头,是屋顶被风掀走,是路被水掏空。

曾在嵛山岛上,见过一匹马,岛上唯一的一匹马,它从北方来,离开了自己的草原,来到南方海岛,貌似有草原的地方。一个海上草场,于它,也是坟场。要么孤独终老;要么水土不合,死去。与它同来的另一匹马,就是这样死去的。

它眼汪汪,整个天湖的水似乎都在眼里打转。它的眼神,不忍直视。那种不知自己下一刻会在哪里,看不住自己命的眼神,透凉,凉过海的辽阔。

想着舅舅也是一匹马,跑在海岛上的马。一生策马扬鞭,大多时候马前失蹄。还好,有那些美味安抚他。

我不敢给外婆打电话,她已九十多岁,我不想听她说:人总是要死的,迟早要死的,像我这样,就活得太久了……我还是给她打了电话,她反倒安慰:生也难,死也难,要是生比死难,就让王爷公带走他,你们也不要难过了……

我们无法奔丧,一道海峡,一场疫情,隔离又隔离……春天失去的,夏天还在继续失去,以后,我们只有天上见了。

时 时 刻 刻

天晴了几日,春天的午后,阳光出奇的好。

一大把一大把泼在阳台上,暖暖的。猫在花架上寻找落身的地方,踮着脚在花盆的间隙间,寻几个来回,便找到舒坦之地,软软地趴下。

这只猫,不闹腾,深得家人喜爱。母亲也喜欢它,爱给它梳毛。猫机灵,一唤"梳毛梳毛",就会赖在母亲边上。

猫歪着身子,母亲给它顺毛。母亲说已照了照片寄给台湾的小姨,待过些日子办好手续,便去台湾看外婆。

外婆念叨好几次,说母亲去年没去(台湾)看她,今年一定是要去的。七十多岁的母亲在九十多岁的外婆眼里,还是小的女儿。

"这次去,怕是最后一次了。"

"唉,谁知道,是我先走还是她先走。"

母亲似有若无地叨了几句。

猫那双玻璃眼亮亮地盯着我,盯得阳光散了一大片。

前几日,台湾的大姨病故。大姨患癌多年,医生总说她活不过半年。可是大姨活了好几个半年。看医生时,还把医生惊着了:你还活着?

我们以为,她会走在姨父之前,不承想,姨父倒是先走了。脑溢血,不过半个小时,说好要走在大姨后头的,但说好了也没用。

还好,前年去台湾,见了大姨一面,那时她虽在病中,气色还好。这一面,成了我们之间唯一的一次见面。

三岁离开大陆后,大姨从未回来过。病了后,她很想回,又担心病情,迟疑着没有回。好不容易下了决心,一定要回一次。无奈去年病情急剧恶化,再也回不来了。

父亲最近爱在阳台上吃饭。酒、菜、饭都搁在一个大纸箱上。吃着，也自言自语着。他自言自语的内容是阳台对面一个改造中的棚户区。

挖掘机、起重机进进出出，整日轰轰隆隆。每日都有新变化，他并不讨厌这种嘈杂与声响。一边喝酒一边盘算，这边得灌多少水泥，那边得费多少钢筋……

猫在阳台上睡着了。乡下老家，从前也有一只猫。是独自一人住在老屋的阿姆养来做伴的。

母亲说阿姆的眼睛不行了，啥都看不清。

阿姆的眼，得了白内障，模糊了好多年。儿女们有的远在天边无暇顾及，有的近在眼前也无力顾及。说好的手术一拖多年。

去年到城里医院做了白内障手术，却不见好。在别人那里都是小手术，在阿姆这里成了大手术。几番折腾，阿姆的眼睛依旧模糊着。

猫醒来，伸了个大懒腰，咻溜跳下花架，一闪就没了影。它这一睡，好像睡走了好几个春天。

倒　影

一

父亲脾气不好，年轻时尤甚，发起火来，石头要站在他跟前，先裂开的没准是石头。可他从不觉得自己脾气坏，每次嗓门大脾气粗、火发得没道理时，他就拿大海做掩护：我是做海的，声音不大点，别人听得到？

做海的。这话说出来就像点燃一串炮仗，不知道会炸响什么。在岛上，特别是男人们，没有大嗓门大脾气似乎就没法出海。灌满风浪讨生计，细声细语是对付不了的。

大海的暴烈与乖张，粗粝与坚硬，疏离与沉重，像一根神经搭在了海岛人身上，不论男人还是女人，无论日后还在不在岛上，只要一触碰，那根神经就会条件反射出许多风暴、海浪、漂泊、不安与孤忍。

做海的，就是以海为生的。和大海打交道，吃喝拉撒婚丧嫁娶生老病死都离不开海。在岛上，做海的还有别的称呼：走船的，讨海的。父亲的父亲，母亲的父亲，祖祖辈辈生活在岛上。这个岛的名字倒是不孤僻——西洋岛，一个"西洋"把孤岛叫得有点热闹。人活在岛上，远离大陆，并没能远离世事的动荡，岛民生离死别风雨跌宕的日子，如戏如潮。

不知岛屿何时有了人烟，从大陆到海岛，从平稳的土地到漂浮的小点，是向大海讨生活，讨总是不平等的，要被大海耍威风的。

万事靠海，海是苦海。

无法想象百年前，爷爷那辈人在岛上生活的样子。爷爷曾有一次漫长的出岛，说是去做生意，一出就是八年，一直出到山东，音讯不通生死不知。多年后回到岛上，继续做海，不料一场痢疾撒手人寰，走时不过四十出头,那年父亲才七岁。

十几岁时父亲开始做海。海在做海人这里不是风景,是劳作讨生活的地方。"太苦了。"虽然做海的日子已过去半个多世纪,提起诸般险恶,父亲还是唏嘘。

那时出海靠扬帆与摇橹,讨生活要看天看海还要看风。没有风的时候,茫茫大海中只能靠父亲一样做海的人摇橹前行,一摇就是好几个小时。若遇风暴往往九死一生。一次遇台风,船行浪中,海一点都没待见做海的人,海水灌进船舱,他们拼命往外舀水,拼命摇橹,拼命靠岸,拼命为保命,大海却置若罔闻,有的只是更大的浪更猛的风,七八个做海的人,用最大的嗓门叫唤最大的力气摇橹,声音不大点,上天怎听得到?

万事飘摇,得靠神助。

做海的无常,让人心惊胆战。做福就成了岛上生活最重要的事情之一,祈祷一年"有海"(海获)与平安。每年正二月间,海闲的日子,就是做福的好日子。没有台风,浪也平稳,妈祖宫里里外外香火缭绕,敬神的供品,猪羊鸡鱼,在神明与祖先案前一一摆开,还愿的还愿，许愿的许愿，老老少少都来拜神祈福，祈求神的眷顾，有海有吃人人平安年年平安。祖母上香时总会念念：菩萨菩萨，依公依嫲，大公大嫲，保佑下代孩子们吃像吃，睡像睡，卡溜像卡溜（玩像玩）。这一祈愿，一念就念了好几十年。从海边念到山里，从山里念到城里，无论处境多么不堪，她都一如既往，执着朴素地念着。活着要是都能吃像吃睡像睡玩像玩，就该心满意足了。

　　做戏是做福的重要部分。每每做福，总要做戏。岛上自己的戏班，或外地请来的戏班，连演几日，后台师傅开场锣敲响之际，大海的风浪瞬间退去，孤岛刹那充满安平欢乐。戏做给神看，神开心了，就会看到更多的人间疾苦，就更会有求必应有难必帮。神有没有开心不知道，但看戏的人，却是真的有了开心的片刻。

　　祖母是恨不得天天有戏看。生于辛亥年间的祖母缠了足，脚小到变形，个高脚小，看戏还喜欢站着看，戏台下一站如定海神针。戏没散，她这根针就会一直杵在戏台前。有回看戏，家里来了小偷，邻居亲戚小孩一路小跑到妈祖宫里戏台前找到祖母："舅婆舅婆，小偷在你家偷柜子，快回家看看。"戏正看到兴头上，祖母的

"针脚"实在挪不开,"要偷蛮偷[1],这戏还没好,三幅锦裙才合了两幅,还有一幅没合,合好了再回。"原来戏中人还未团圆,俗世的柜子哪比得上戏里的团圆重要。戏中人辗转在人间的悲欢里,戏外的祖母倒是入戏忘了现世。

外太婆看戏和祖母正相反,白天已经站够,夜晚的戏必得好好坐着看。她白天在生产队食堂煮饭,等大家吃好收拾停当已是夜幕降临,戏将开演。有戏的日子,傍晚时分,外太婆会让母亲先拿个小凳子到戏台下占位子,操持好食堂的事情,外太婆匆匆赶回家,换上旗袍,略施腮粉,装扮一番,再去妈祖宫看戏。母亲常忆起外太婆美美看戏的样子,即便生活再难,外太婆看戏的仪式感是不能免的。

外太婆是厦门人,从厦门到福州再到孤岛西洋,很多变故辛酸,看戏的那刻恍若平复。在岛上二十多年,外太婆只离开海岛一次,到福州拿回寄存在邻居家的箱子,但箱子里早已空无一物。那些写着厦门亲人地址的信件不知所终,不识字的外太婆在孤岛上失去了所有亲

---

[1] 蛮,闽方言里有"随便"意,蛮偷,即随便偷。

人的消息，再也没有回过厦门。她爱穿旗袍，岛上没有做旗袍的裁缝，从福州带到岛上的旗袍一穿就是十几年，直到我们出生，外太婆就剪掉旗袍的下半截给孩子们做衣服……

我从未见过外太婆，想象她穿着旗袍在海岛的夜风中走过的样子，她坐在台下看戏入神的样子，微微翘起嘴角的样子，戏外多么不好，她看戏的样子就有多么好。

现世里祖母和外太婆的日子比戏还曲折，戏里还有团圆，戏外满是残缺。伯父十几岁被抓兵去了台湾，外公外婆也被大时代的风浪卷到台湾。离开海岛时，外公留下话"我会回来接你们的"，他没有回来，永远留在了那个更大的孤岛上，风浪看得到，父母看不到，儿女看不到。

万事如戏，地牛转肩。

祖母感慨的时候爱说：地牛转肩了，谁不苦呢，做地都苦，地苦了转转身抖抖肩，就有地震台风，海也不得安生。一句戏文，但一点都不是戏说，在岛上，戏是解药，盐里一点甜。戏台上只管曲折，只管波涛汹涌，只管悲欢离合，台上越苦就越能冲淡台下看戏人的苦。

看戏看着看着，台下的人也成了台上人。伯父、父亲、母亲十五六岁年纪，都成了戏班里做戏的人。伯父扮相俊美、性子温和，做的是花旦，父亲高大硬朗扮了老生，母亲打小跟着外太婆看戏，演小生唱腔地道。做海的父亲，做戏的父亲，男扮女装的伯父，女扮男装的母亲，站着看戏的祖母，坐着看戏的外太婆，都是大海边孤独的石头，是戏，偶尔摆渡了人间疾苦。

二

人类的悲欢并不相通。借由大海，岛屿与岛屿之间的悲欢是相通的。

外婆与伯父去往的岛屿，是更动荡更孤独的存在。

新竹眷村，外婆和许多大陆眷属初来乍到，多日吃不到水，孩子们哭哭啼啼，女人们混乱不堪，外婆领着三岁的舅舅到乡公所说理，怎么求都没人理。外婆拧了一下舅舅的小手，舅舅哇哇大哭。还是没人理，继续拧，继续哭，惨绝人寰地哭……终于有人过来问为啥哭成这样,第二天,乡公所好歹派人到村里挖了一口井。

如果苦难如波浪一样赶来,只有把自己变成一块礁石了。

有一年去台湾看外婆,飞机从厦门起飞,抵达台中,再搭高铁到台北,转地铁到板桥外婆家中已是深夜。背包里是母亲为外婆准备的已经蒸熟的螃蟹、茉莉花茶、线面。和外婆躺在一张床上听她说自己,说到小时候在台江天华戏院看戏的经历,像极外太婆、祖母看戏的样子。家人使唤她去巷口打酱油,只要戏院里有戏,这酱油一时半会儿是打不回来的,等戏散场,外婆才拎着酱油瓶回家,免不了被家人揍。等到下次再打酱油,千叮万嘱不要拐到戏院看戏,但是她照拐不误,看戏的邻居提醒外婆快点回家不然又要挨打,外婆扔下一句:"打蛮打,看好再回。"看一场戏,挨一顿揍,外婆觉得划得来,"炸弹扔下来都要把戏看完"。有次看戏还真遇到日军空袭,人们蜂拥逃走,外婆却还在戏台下不走。"你不怕吗?""怕也会怕,可是戏还没停……"

说起岛上浮沉外公冤屈,一生辗转一家艰辛一世飘零,外婆有点云淡风轻:"唉,做人和做戏一样样,再苦,我长衫一穿,靴鞋一踏,还是很俊一个人。"

这个很俊的人，活了九十六岁。去年七夕那天走了，真是会挑日子，挑了个热热闹闹的俊日子离开，属于她的百年大戏落幕了，停更了。

疫情汹汹无法奔丧，父母兄妹只能在微信群里遥祭。头七，外婆要火化了，大哥在群里说，十点时大家向台湾的方向默个哀吧，送送外婆。高楼之中，我没有望向台湾。只对着后山默念：外婆，你在那头还是要俊俊的，长衫一穿靴鞋一踏有吃有喝有戏看……后门山有很多寺庙，住着很多菩萨神仙，他们能帮我传到吧。

年底，伯父也走了。

大海的风浪从未止息，孤独的岛屿永远沉入海底。

三

父亲躺在床上三年了。

这个曾经做海的人，大海一样的脾气早已偃旗息鼓，每天每天沉默着，房间里的电视终日开着，电视里只播一个频道——中央电视台戏曲频道，从京剧到豫剧，从豫剧到越剧，各种戏曲从白天到夜晚，在电视里咿咿呀呀唱着，电视外父亲悄无声息地看着，不知是他在看戏,还是戏在看他。

　　海已一点一点荒凉,戏还一场一场演着……

我哥刘伟雄

在他的诗集之后,我不想说他的诗,我只想说他。

从小,我们就从海边来到山里。贫穷困苦以及被驱逐的阴影,从未离开过我们的童年。我们被故乡遗弃了,无比孤单。忧伤像暗流,在我们心中潜伏。没有任何迹象表明,诗歌会爱上他,或者他会爱上诗歌。

幸好村庄收留了我们,给了我们粮食、种子、屋舍和温暖,也给了他日后怀念和歌吟的起点。在这里,他把我放在肩膀上过沟,他过去了,我却被丢到了沟里。在这里,他爬上油桐树,摘下许多青色的油桐子,搓上黄泥,说是龙眼。无数个白天,他在砍柴的间隙,用刀在石头上刻字,其中有一句是"红军万岁",他说,现在还立在某个山头。无数个夜晚,他领着我们家那只叫"乌龙"的狗和弟弟妹妹们,穿过黑暗,在邻村的晒谷场,或是空旷的野地里,看电影。他用向日葵粗壮的秆,做成枪杆,挎在腰间,在月光下,把自己打扮成平原上的游击队员。诗歌,也许就在那个时候,注意上他,于是才有了今天这棵《平原上的树》。

但,平原上的树,是孤独的。我们流落乡间,我们需要亲人。小人书,成了这个时节最温柔的手,就着村庄豆大的灯光,不停地抚摸着我们受伤的额头,和流泪的眼睛。他是"书主",小木箱里藏着他最初的人生。他会变着法儿把弟弟妹妹买的书打进他的"库存",谁要看,都得向他借,而且要保证,不能把书看坏了。五分钱或八分钱,顶多一毛钱一本的小人书,让我们的心,有了快乐和依靠。

只要有一点点钱,他都要尽力把它们变成书。后来,这个小木箱变成大木箱,藏进了大开本的文学杂志,《延河》《芒种》《江城》《当代》《十月》和文学名著,陆续来了,并且无一例外在扉页印上五个有点豪迈的字眼——"刘伟雄藏书"。每次离家,他总是叮嘱母亲,别让人动他的箱子。我动了,我一次次爬进床底,翻阅他的箱子，而后把箱子顺着灰尘的痕迹放回去。有一次我突发奇想，把"刘伟雄藏书"前面三个字改成了自己的名字，他差一点就咬牙切齿了。

他开始在深夜的村庄里书写，我确信，诗歌就是在这样一个又一个无边的暗夜里，成为他的亲人，一个今生永远都不会抛弃、不能失散的亲人。今天，当我偶尔也用文字喂养自己的时候，我必须感谢他和他的小木箱大木箱。

在逐渐长大的岁月里，我们一起来到城里读书，又遭遇一次举目无亲。很多周末，我总惦记着去找他，这个我在城里唯一的亲人。他住在上铺，一拎就把我拎上去了，在寒冷的冬天，他让我裹着他自己那件军大衣，窝在窄窄的铺上看书，我在枕边翻寻，遇到他笔记本上许多分行的抒写，我会偷偷瞄上几眼。我可以找他，他能去找谁呢？庆幸的是，不久以后，他又找到了一位亲人，日后成为他妻子的亲人。这并非全是由诗歌带来的，但她的到来，一定让他的诗歌有了不同寻常的方向。

诗歌带着他一路行走，诗歌让他找到了许多至爱。但今天的他，内心深处也许还是孤独的，在似乎越来越远离忧伤的今天,在一切似乎已经花团锦簇的今天。所以,他喜欢回去,回到那个收留了我们的村庄,朴素而贵重的村庄。灶膛的炉火,地里愣生生的菜苗,邻居送来的几颗萝卜,墙头上盛开的丁香,让他忍住了许多孤独和忧伤。

我从不探寻,也不过问,诗歌到底给他带来了什么。因为于我来说,重要的不是他的诗歌,而是他,一个我叫"哥哥"的亲人。

穿过风

　　山顶，大风刮得狠，周遭终于安静下来，叽叽呱呱的人声没有了，只有风声呼啸，尖叫。

　　幸好有风，长年不息地吹，吹得树木退出了群山，吹得群山让出了骨骼，不然这些草，只会是草丛、草堆，草草一生，断然成不了草场。一万多亩草，在高处，山赋形，风给势，极目处，皆是草之天际。灰天下，草绿得巨大，任性，夺目。山草之国，因地名而得名"鸳鸯草场"。

　　也不幸有风。草交出了命，命悬高处，是风流也是风险。九月的蒹草，银芒上结着晶，在风中踉跄。漫山的草，没有一刻、没有一棵站得直。风刮得猛，风鞭子扫过，草疼，趴着的，弯着腰的，歪着身子的，打着滚的，样子够狼狈。草站不直，总要被讥讽，尤其墙头草，始终没有好名声，风是罪魁祸首。但在鸳鸯草场，声势浩大的风，痛而不喧的草，彼此间有挣扎、扭曲，亦有成全。

不知道风还要怎样地吹，人声在风中忽远忽近。笑谈，私语，调侃，忆旧，像风吹沙，飞起又落下。

风中有她的声音，说着剪纸，说着零星过往。

"过去我们这里，从生到死，都是要用到剪纸的。小孩子满月，家中老人去世，都要剪纸，有没有看过老鼠偷蛋上油灯的剪纸？老鼠能来家里偷油偷蛋，说明家里吃的用的有多余的……"只知过街老鼠人人喊打，倒不知它还包含着好生活的寓意。

"人死了，要剪六对或八对小人，手拉着手，放在棺木上。剪纸最早是招魂的，杜甫就写过'剪纸招我魂'的诗。"也不知最早的剪纸是为了招魂，死的人早已魂不附体一百了，活的人还是有生生不息的念想。

"其实剪纸最难剪的是表情。我剪了一幅马仙娘，还获奖了呢。"她说，有空总会去东狮山走走，去拜拜马仙娘。"那么多人拜她，那么多好的愿望说给她听，那么多天地精华雨露滋润，我也没求什么，拜拜她，心里就也觉得舒服，剪起纸来，也顺畅。"

风中，似有马仙娘娘飘飘的衣袂，明明是仙，却总疾走在人间。人们难了苦了，缺雨了少水了，就求她护佑，求她呼风唤雨天降甘霖。在柘荣，马仙娘是平安女神，每年特殊的日子里，民间都要接仙、送仙，像过节一样。小时，马仙巡境过家门，家家户户，人人顶香跪迎。在接仙的队伍里，她的爷爷是捧仙瓶的，这令她非常自豪和开心。那种由来已久的虔诚与祝祷，如今也融入了她的剪纸中。一把细剪，她剪出了马仙娘的仙风道骨慈心厚爱。即便在纸上，马仙娘依旧有着抚慰众生的眼神。纸薄意厚，人情世故，喜怒哀乐，一"剪"无遗。但在柘荣这座小城，一剪也成"遗"——世界非物质文化遗产。她和许多巧手的柘荣女子，把纸剪成了另一场"风"——风物与风情。

风中还有她的声音，一个熟悉多年的声音，如今她在遥远的新疆呼图壁。十岁之前，她生活在柘荣，之后离开，回来，又离开，有时觉得她像风一样利索，想吹到哪里就吹到哪里。这一次援疆，从东南到西北，她把自己吹得很远。在遥远地，她会想念故乡的美食，尤其是柘荣牛肉丸。那个把牛肉丸做成柘荣特色美食的敦厚店主人阿国，是她教的第一届学生。此时真需要一场千里风，遥送她一碗唇齿香。

风中有宅中，两个人的宅中。一个三十多年前被绑在宅中街树上的小偷，不知死活。但在夜色中的某一刻，他清晰地活着，活在他永远不知道的别人的夜色中。因着同行长者对宅中最初的记忆，他被勾起，被赋予各种言说与猜测。还有一个离街树不远的地方，要跳舞给陌生人看的小姑娘。她孤单地漂亮着，她很想跳舞给人看，很想和陌生人说话。多年后，她也许会成为"某一刻"中的"某一人"。风吹过，生冷，让人起疑，宅中是柘荣一乡，是偏僻之地，也似乎是风中的一个隐喻。

风依旧刮，急遽，透彻，响亮，不时揪起一些东西，又放下一些东西。

在隐秘的水边

她在微信里说：昨晚做了个梦，被卖。只有你不遗余力地救我，哭醒。

我不是热情的人，常被诟病。在梦中，难得也有点古道热肠。在梦中，她险被"娼"了一回，我倒是"侠"了一把。

想到鲳鱼。知道吗？鲳鱼曾被讥为"娼鱼"，"鱼游于水，群鱼随之，食其涎沫，有类于娼"。李时珍纯属信口开河，可入了《本草纲目》，就是背上黑锅了。

她大笑。

她爱笑，曾经同学们就叫她"婴宁"，聊斋里的爱笑鬼。"爱笑鬼"年轻时，有过一段"见鬼"的日子，一点都笑不出来。

父亲离世，猝然之间。家族里狗血事，接二连三地发生，还都是要一命偿一命的，似乎和鬼拧上了。

好多年里夜不能眠，惊惧害怕，一入睡就做鬼梦，惊恐万状无路可退。一日，心一横，决定去见鬼。晚上，从不化妆的她，化了淡妆，穿得好看，到深夜，往最怕的坟堆走去。心想，有鬼，就来见吧。大不了，在现实里见一面，免得夜夜见鬼。可惜，啥事没有，好好地回来了。

也不是真想死，没有那勇气。大抵被折磨久了，不如主动折磨一下自己。她揶揄了一下自己的"鬼主意"。

之后，她选择离开，到遥远的城市读书生活。长江在城市边上滔滔流过，日夜不绝，生命豁然开阔。像是对晦暗过去的补偿，她遇见了两个"西西弗"。

书中的西西弗，一个爱滚石头的人。一块石头从早滚到晚，越接近胜利就越接近失败，多么荒谬可笑。可是撕裂就是本质，由不得你不滚。《西西弗的神话》像醍醐灌顶，成了宝典，生命里"见鬼"的时候，拔剑四顾抽刀断水，也能呵退一些阴霾。生活里的"西西弗"，竭尽所能照亮她。那亮光到今天，还赐予她勇气与信任，只是他们在某一日失联了。想着若见面，谁也不是当初的谁，全是烟火气息，还不如，在记忆里活着。

"人过的日子，必是一日遇佛，一日遇魔，风刮风会累，花开花会疼。"失联的"西西弗"，如佛。毕竟于她，已有一块石头快滚到山顶了，那就够了。滚上山是境界，滚下山是宿命。风吹水流，人在世上，总是逃不脱道阻且长。

多年以后，她去国离乡。在波澜不兴或激流险滩之后，转个弯，换个流法。

国在海中，风从海口吹过，吹过她居住的街道、屋子。异国的海风，像极了小时候在故乡海边听到看到的样子。那时候，她还小，父亲还在，生命中还没有激流。

如今静水流深。一个人经过很多被深渊凝视的时刻，慢慢也有了些凝视深渊的勇气与激情。

有了激情，日子才会流动起来，流过深渊。她希望我也流远一点，哪怕一直被误解。

我笑。只有在梦中才有点"侠气"，我还是留在梦中搭救你吧。

真先生

在心里，我唤她"真先生"。

真先生的听力几乎没有了，和她说话，要趴在她耳边大声说。大家很奇怪，以先生的名气，找个好点的医院，花上几万元，安装个助听器，应该不是问题，怎么也不去装一个呢？没有声音的世界，多么可怕。

后来得知，先生之前有过助听器，可是托人几万元买来的助听器是伪劣产品，她戴上之后，这世界的声音大得可怕，一气之下，不戴了。估计以先生的个性，宁可聋着，也不愿听到失真的声音。从此，她与人交流，改为笔谈。

如此，我才有机会听到先生笔上的声音。初见，先生说，因为听不见，对笔谈表示抱歉。先生的字刚健有力，一点不像是将近九十岁的女子写出来的。在她的"声音"面前，要感到抱歉的是我的"声音"。我把纸张挪了挪，不好意思在她的注视下"说"，可先生的目光一直停留在我的手上。许是先生认为，没有声音的交流，更要专注吧。之后两天，和先生多次笔谈。私底下，我是想收藏几张笔谈的"声音"的。先生什么没见过？但凡有所企图，她就摊开手掌，停在空中……最后，我一张"声音"都没索到，但先生的声音，确乎已在我的心里。

先生看上去是瘦弱的，我总想搀扶她，每回，先生的眼神都在犀利地回绝我。眼神，是先生的另一种声音。

在大京，欲登城堡，石阶上有青苔、落叶、杂草，阶旁无栏杆。我又伸出手，先生何其灵敏，顺手掸开，像掸开多余的磕绊，还瞪了我一眼。我愣怔在阶下，仰视先生登阶的背影，瘦弱中有隐隐的侠气。

瘦弱的身影在老城墙与古榕树间兀自移动着，大多时候，先生是不言语的，也不和三五人同行。她一个人仰头看老榕树新萌的叶子，端详粗大的树干，应大家的心意合影，之后，一个人快快走下石阶，走向青石小巷……偶有发声，是在她感兴趣的时候。问起城堡的年代时，我趴在她耳际，才听到先生粗重的喘息声。回城之后笔谈，才知先生此行前三天，得了重感冒，哮喘复发，咳得厉害，可是和朋友有约在先，若不成行，今生也许无法再行了。所以，她如约而行。末了，先生说，这次闽东之行，是用生命在行走。

先生之真，可以命相许。先生之真，词上亦毕见。

三十年前，还是信件流行的年代，先生收到第一届上海国际电视节主题歌征集歌词的信，收信之日，就是截止之日。要让邮戳盖在当日，只有半天不到的创作时间。先生按时寄出歌词。那阕歌词，最后在无数隐去作者的文稿中，被谷建芬老师挑中。那首歌就是至今还传唱大江南北的《歌声与微笑》。彼时，先生已近花甲，但歌词依然溢满纯真与浪漫。三十年前的歌声与微笑，而今真的飞遍天涯海角，成了遍野春花。

犹记得那日晚饭，席间人数甚多。之前未向先生提及，她并无愠色。大多时候，先生默默吃着，别人东拉西扯的言语与她无关。当大伙盛情邀请她朗诵为电视剧《三国演义》创作的片尾曲《历史的天空》的歌词时，先生很认真地站起来，正正衣袖，比平时高几度的声音就从羸弱的身体中发出来。"暗淡了刀光剑影，远去了鼓角铮鸣，眼前飞扬着一个个鲜活的面容。湮没了黄尘古道，荒芜了烽火边城……聚散皆是缘，离合总关情。担当生前事，何计身后评。长江有意化作泪，长江有情起歌声，历史的天空闪烁几颗星，人间一股英雄气，在驰骋纵横。"聆听这般鼓角铮鸣之音，顿生释然。八九十年人世扰攘，什么样的声音先生没听过？如今听不见，也罢。席前，先生嘱我带上她写的书给相熟的朋友，说是麻烦朋友们多日，无从答谢，只有以书相赠。但人多书少，先生把我拉至一旁柔语：有你一本，我回家就给你寄。不日，先生的书《玉簪花引——采矿者日记》就从北京寄来，心喜终得先生"纸上声音"。她寄语阅之为"休闲"，"休闲"中再晤先生之真。

书中先生言及自己有五个年龄：生理年龄八十二岁，心理年龄三十二岁，政治年龄二十二岁，劳动年龄五十二岁，社交年龄六十二岁。有五个年龄的先生独自住在北京一个二十八平方米的蜗居。她说：蜗居亦一世界。书中《"一粟斋"记》记述了先生与蜗居的缘分。先生户口一直在燕都，却居于远郊。2009年，先生想做回北京人,房子成了首要事,偏遇房价疯涨,她无力也不想纠缠于房价、卖方与中介之间。"余不耐,快刀斩乱麻,事遂定。"这么大的事"定"之前,先生居然没去看一眼,待拿到钥匙再"定睛一看",文件上三十七平方米房子只余二十八平方米。"数千册图书,百十件文玩、杂物等,皆塞于大小空间之内,余下无处可藏之零碎装入纸盒,推于床下,餐桌代写字桌,台面列诸般小玩具。"先生戏称"如潘家园一地摊"。

先生的自嘲式幽默,和她一起的三日我也有所领略。听不见了,先生故作悲苦状:老天惩罚我,两个耳朵都坏了……说得很大声,唯恐老天也聋了,听不见似的。要离开宾馆房间,还折回两次。一次看有无东西落下,自谓是"丢东西专家",已经丢了六把伞、五副眼镜,感叹自己"除了工作认真,其他都迷糊"。一次竟与床铺、桌椅、窗户摆手说"再见",像在和一个人道别。

三天倏然而过,行前,先生给我一个结实的拥抱。那个瞬间,我再次感到先生的瘦弱,听到她急促的呼吸。突然有点伤感,伤感得像遇上一次没有归期的远行。唯有默念:王健先生,愿您健康平安!

第二辑

伤逝

伤　逝

01　空乡

空,是可怕的。

空虚,空无,空荡荡……每一样都暗藏杀机。

夜空,是深渊。心空,会绝望。屋空,就死寂。很多屋空了,乡村就倒下了。

那些屋子,居住过炊烟,鸡鸣狗叫,粮食蔬菜和淘气的童年。居住过艰辛、苦痛、悲伤和欢乐。现在,只有颤颤的蛛丝、深深的尘灰和自己偶尔回望的目光。

稻子稀了,荒草厚了,炊烟薄了,月光冷了。村庄早已踽踽独行,瘸了腿,失了忆,被遗弃在荒野。

有一天，蛛丝掉落，深尘紧锁，老屋朽坏，故乡将空空如也。

板壁上仍画着童年，尘深处风摇门户……暮色重重，悲欢也重重。谁可以扶村庄走一程？空野无声，空屋更空。

故乡被"空"埋葬了……

02　冬村

冬天，一切都要安静下来，人的身心也要安静下来。但天还暖着，没有要安静下来的迹象。没有寒冷，冬天也是一个孤魂野鬼。

不免担心，那些叫小薇的草会不会在冬天就长在脚边？那些叫荻的花会不会在冬天就开出纯银的声响？

如此美好，又如此绝望。

就像很多人，总是不厌其烦地把爱情，说得不像爱情。

伤心，不忍，或惆怅，都是无用的。来来往往的眼神早已更名，那是村庄的前世，也是我们的前世。

乡村，是一株草，插在尽头，枯萎是唯一的结局。

我们就背着这样的干草，寻寻觅觅，迷迷失失。

要的已绝迹，只余冬天，温暖的冬天。

03　盲人与蝴蝶

和什么相遇，是命中注定的。

一盏清茶，一树蝉鸣，一院月光，一道意味深长的眼神。或者极寒，隐疾，伤痛，末日，越来越真的谎言，越来越模糊的真相，甚而几个流浪的盲人，天桥上的乐队。

他们都遇见了什么？或许什么都没遇见，只遇见了黑。

两只蝴蝶飞临，停泊在他们努力睁大的眼睛上。遇见了，都遇见了，树林、村庄、山谷、河流，春天的草坡，秋日的麦浪，父母积雪的白头，遥远的香甜的气息，和汹涌的爱意。

遇见又分离，世界还是黑的，千真万确的黑。只有那蝴蝶，最美的、不存在的蝴蝶还在翩跹。

在黑中辗转，不仅是他们，还有我们。

山路又远又长

没有多少人知道并惦记他们,我也只是偶尔想起他们农具一样拙朴的神情,泥土一样憨厚的念想。

一

他曾是一个村主任。

二十年前,如火如荼的办学热潮四处席卷,村村最好的建筑是学校。而他的村庄,是镇里最落后最偏僻的,孩子们还在四面漏风漏雨的破祠堂里上课,老师们来来去去总也留不住,没有一个公办老师在村里上过课,村子里还未出过一个高中生……他心里着急,他只有一个愿望，盖一座像样的学校，留住老师，教好孩子。

村里没钱，他四处筹款，人家不认村里的公章，只认他的大名和拇指印。他以为，盖学校是为村里做事，是大家的事情，总不会让他一个人扛着吧，到头来总会有办法还清。揣着一叠借款单，他定下目标，要在秋季开学前把学校盖好。

大半年时间，他撂下家里的一切，一门子心思放在学校上。夏天，村里最后一茬收割的稻谷是他家的，最迟一垄下播的秧田也是他家的。秋天，烂在地里的地瓜是他家的，荒了的地还是他家的。三十多号小工吃住在他家，比盖自家房子还热闹。从那个夏天开始，他家有余粮的日子结束了，他后半辈子的平静生活也结束了。

学校如期竣工，债主如期上门讨债，他成了一个要躲着过活的人。无人的时候，他会站在学校门口长久地发呆，村里的人开始闲话他，是不是被逼债的人逼傻了？他是"傻"了，次年夏天，他再次摁下拇指印，借了钱，给孩子们配齐崭新的课桌椅。这一年的除夕，债主们在他家直等到迎新的鞭炮响起，他在村口的竹林里坐到后半夜，才敢摸黑回家。

后来，他到城里拉板车，听说现在还在城里拉板车。他的三个儿女没有一个念完高中，都早早外出打工赚钱。一个外出打工时，出车祸死了。一个在城里工地安装模板时，被飞起的铁钉扎瞎了一只眼。女儿小小年纪就嫁人，好歹省一口饭。

二十年过去了，他押上后半辈子盖起的学校，撤点并校，人去楼空，落满尘灰。

二

他是一个老区基点村的代课教师。

村子不通公路，到乡里要步行三个多小时。五十七岁的他，一只眼睛三个月大时就因病失明。单身一人，已代课二十一年。他的村子很小，半山腰上零星几座房子，和他一样形单影孤。

所谓学校，是一座仅两间的老房子。歪的土墙，斜的门窗，不黑的黑板，中间豁开一个大口。三排长木板钉成的课桌椅，参差地摆在昏暗中。西边小屋就是他的家，东边小屋是上课的地方。他的板书很工整，孩子们的眼神很清澈。

一个月工资虽然不到四百元，但他一个学期才到学区领一次。一是路远；二是一个人过日子，没啥花钱的地方。村民们时不时会叫孩子们给他捎几斤米、带几棵菜，够吃就行。而他那点钱，在每个学期初，都要为孩子们垫上不少学杂费。

全村九个孩子，八个适龄，论年级，从一到五年级都有。另外一个孩子才六岁，不到上学年龄。当其他孩子都上学时，他就成了村里最孤独的孩子，整日和泥巴玩，和野草玩，比鸡鸭还孤独。他不忍，叫孩子也来上学，天天免费旁听一到五年级的课程。孩子认识了很多字，总喜欢跟在他后面，像他的孩子。

二十多年来，他都是在这样的村子代课的，他说，去年有两个孩子小学毕业，上了乡里的中学。他用仅有一只眼睛的光亮，照亮了山村孩子晦暗的童年。

三

他九岁，一个乡镇寄宿制小学二年级学生。

每个周末，他和附近村庄的孩子都要结伴回家取下一周的口粮。又是一个周末，老师三点就下课，好让他们天黑前能回到家。他家最远，不通公路，步行要四个小时。如果坐三轮卡到邻村，车费要几十元。不要说他一个人出不起，就是沿线所有的孩子分担也没有几个愿意，他们实在没有多余的钱坐车。

几个孩子说说笑笑，走在山路上。渐渐的，日头隐去，天阴下来，同行的伙伴越来越少。天擦黑时，别的孩子都到家了。而他的家，还要翻过一道高高的山梁，还要走一个多小时的路。下起了雨，天越来越黑，路越来越难走，一个人走在山路上，他害怕，但不哭，怕哭声引来山猪等野兽。

春天的夜，没有星光，没有月影，只有寒冷，只有阴森。他找不到回家的路，只找到一棵老松树，巨大的树冠，是这个夜晚唯一的温暖，为他挡住了一些冷雨和寒风。他瑟缩在树下，在饥饿、恐惧和冰冷中熬过了一夜。

他的父母在焦灼中等待孩子归来，没有等到。他们安慰自己，也许孩子这周不回家。他们家没有电话，联系不到任何人。

天亮了，孩子终于可以看清回家的路。当他苍白地站在父母跟前时，他的父母并没有多说什么，虽然在山里过了一夜,但能平安回来就好了。

　　星期天的下午,孩子背着一袋米,又一次蹒跚孤单地走在山路上。

初春叙事

初春,也是个薄凉之人。阳光甚少,看着是暖,其实不暖。风呼呼就起,雨没头没脑就下,并无良人之态。

不宽的河,在城中流,淤积严重,便如阴沟。长久地淤积,成了肥土。城里人就在"阴沟"的两岸刨出许多边角地,种上各种菜。菜倒是长得茁壮,只是河流越发没了河流的样子。

二三妇人,河边整地,撒下香菜种子,彼此说着已经收成的白菜、芥菜,说着它们的可口与菜市上的便宜,因便宜,故不敢送人,就撂家里一地……一人说着说着,就要回去拿来送人。不久,便拿来一堆,人手几棵。我是局外人，无所得。悻悻走开，一人唤我，送我一棵白菜，垂涎之意即得安抚。

天气阴晴不定，人也是说走就走。

亲戚病故，老姐妹互相安慰。

"人老了，总是要走的。"

"想他能多吃几年再走……"

"多吃几年，也是要走的……"

夜守灵，烧纸钱。有长钱，有钱米，大钱小钱，为了死者在另外一个世界好花钱。烧着烧着，男人们就抽烟，抽着抽着，就论起抽烟的好坏。乡下的姑丈说了一个抽烟的故事。

从前一打石匠，学艺好几年，龙须总是打不好，每到这个节骨眼，打打敲敲，细细的龙须，总是说断就断。

师傅不管，石匠偷询师娘。师娘笑语：不妨歇歇，抽个烟吧。不日，石匠打到龙须，想起师娘的话，遂停，抽了一筒水烟，续工，果然一气呵成。原是，抽烟的工夫，石头生冷，再敲打就不易断。小石匠能出师，全仗了那筒水烟。

烧纸钱，竟烧出抽烟的好。

遗体告别，和一个人的所有春天告别。鼓乐响，奏的是《送战友》《北国之春》。

春天，万物生。好也生，坏也生。眼见一人，坏心思像病菌在繁殖。阴沟一样的人，远远可怕过真的阴沟。

那个叫宋之问的唐朝人，就很"阴沟"。他写的"近乡情更怯，不敢问来人"，从前听来无比好。据说他觊觎外甥刘希夷的"年年岁岁花相似，岁岁年年人不同"一句，知其未示他人后，欲占为己有，甥不予，舅怒极，使人活埋之。"近乡情更怯，不敢问来人"，美好了多少年的诗意，如今听着，不是游子归来，倒像做贼心虚。年年岁岁花相似，岁岁年年人不同。是写在春天的诗句，也是死在春天的诗句。

春天再不好，也是要走的。春天再好，也是要走的。

亲亲故乡草

春天一回来,村子就像一个大病初愈的人,气色渐好,从灰黄转为嫩绿,先是星星点点,不几天工夫,这绿就泛开了,从后院的颓墙根一直到山脚、坡地、田埂、溪畔、菜园。像是村中嫁出去好久的女儿们,择了个良辰吉日,又呼啦啦全回来了。

这个时节,草是村庄最新鲜的主人,它惬意地盛开,有点咋咋呼呼。各种各样的草竞相开放,比花儿还要热烈。有的草小得只有米粒大,挤挤挨挨偎在一起,一个春天长下来,还是那么小,看着人心生疼。有的草大大咧咧地长,一个晚上不见,就会蹿出老高。后院一堵不大的矮墙上,就有十几种草在这里聚会。我不知道它们学名叫什么，村里的人是这样叫它们的：糯米草、猫咪草、猪脚草、狗尾巴、狗脚迹、鸡脚底、蜻蜓草、犁头尖、鲤鱼翅、凤尾梳、一粒雪、过路蜈蚣……这些名字源远流长，亲切温暖，就像他们家里养的一只鸡或鸭。听到叫唤，大抵就会想出草的样子，因为草名多是依叶子的形状取的。对于它们的功用，村人更是了如指掌，去暑祛寒止咳下火一用一个准。

村子是离不开草的，人和牲畜都离不开。如果没有稻草，就长不出稻谷；没有稻谷，一年的希望又在哪里？如果没有各种各样的草，牛吃什么羊吃什么猪又吃什么？鸡鸭鹅不怎么吃草，但有草的地方，就有它们肥沃的粮食，各色虫子、蚯蚓随时恭候着它们的到来。猫和狗不吃草，看牛羊吃得舒坦，它们似乎也馋了，有时忍不住也要用嘴巴拱拱草儿嫩嫩的叶子。

稻草香甜。稻谷在草叶上扬花、抽穗，凝结一年的希望，从嫩绿到金黄，村人忧心忡忡地牵挂着。当金黄来临，村庄就丰硕，香喷喷的气息萦绕在村头村尾，像村口溪流哗哗的碎语，止也止不住。稻草在我心里是一种有温度的草，它恰到好处地温暖了我童年的许多个冬天。那时夏天收割完，每家每户都会在稻草堆里挑出一些长得好的草秆，晒干后扎成草垫，待到冬天铺在席子下，就是暖了。

看牛羊在溪畔吃草，是春日里一件让村人开怀的事。牛羊各据一方吃着，牛好似一位老者，吃得沉稳，不疾不徐，大嘴过处，草上最鲜嫩的部分就进到它们的口里，再一咀嚼，草香儿便从牙缝里溢出来，看牛吃草，确信草是芬芳的。羊生性胆小，见牛霸在那儿，远远地找一块地，像小媳妇，小嘴急急掠过草面，恨不得三口两口就吃好。吃着吃着就吃到牛尾巴下，牛尾巴一甩，把羊惊出一身冷汗，一下子蹿出老远。

盛开的草，漫山遍野站着，站成村庄一季一季的依靠。村人年复一年精心侍候着牛、羊、猪，把牲畜们侍候成自己最贵重的财产、最巴望的眼神。猪草长在每一个适宜的角落，四时不同。村人张罗猪草，就像张罗自己的口粮。雨下多了，急；天旱久了，也急。柴草，一摞摞堆在檐下或屋角，噼噼啪啪煨热了村庄无数简单而朴素的饭菜、绵长而清贫的日子。

很多不知名的草，长在村庄之上，墙头、瓦顶、乱石堆，无处不在且长势良好。长在屋顶上的草带着一身的侠气，春归时醉享天涯春风，夏日里骄阳烈焰缠身，挺到秋来又要饱尝风霜雨雪，冬临就化作檐角的一撮泥土。这样的草，孤独地长在高处的瓦上，是藏在村庄深处的魂魄。死了一拨，瓦就黑上一层，村庄就在它们一次次的死去活来中渐渐老去。

一些废弃的墙头上，每年都有不同的草在长。生在废墟上，便是野草了。伫立风中，它们的命运并不会随村庄的命运起伏。除了神，只有野草可以在废墟上歌唱。

有了盛开的草，村子就像有了一件压箱子的衣料，大太阳底下一抖，就会抖出许多难言的气息。

草的一生是一个四季轮回，村人的一生是六七十年或七八十年。村庄的一生又是多长？我以为，所有的村庄都应该是长生不老的。可是我看着它渐渐不在了，最初是人声在这里低落下去，接着是牲畜开始稀疏，最后是草爬满了老屋的许多角落。在屋里盛开的草，丧失了平原上的芬芳，因为此时的它已是荒草。

溪畔的草地，几只孤独的羊在吃草。有成群的牛羊在吃草，是村庄和村人为数不多的愿望，这样的愿望曾经很饱满，现在却像西风一样瘦，像摔碎的大海碗，七零八落。村子一步步离草远去，过去长满炊烟的地方，被草淹没了。屋脊开始塌陷，瓦片纷纷坠落，所有可以离开的都遁形远去。不能离开的，无法离开的，只好留给岁月去割舍，留给杂草去抚摸了。

六十多岁的老姆在门口撑了一夜，半夜里她上吐下泻得厉害，身边没有人，没有温暖的问候，没有焦急的身影。只有风，在田野穿梭；草，在暗中匍匐。胡乱吞下一些不知治什么的药，老姆拖着自己来到大门口，她想也许过不了今晚，如果死了，总有过路的人会发现。第二天，她醒得比日头还早，只是头发像杂草一样蓬乱。老婶摔了一跤，手腕骨折，吊着手臂在水田里拔稗草，用一只手剁猪草。老叔的猪病了，暮色中他心事重重走过田垄，十头猪是他的辛苦和依靠，兽医来了，但猪没能好起来，他一年的心思就被抽去了十分之一。他们的孩子早已离开村庄，成了城市里的草。孩子们很少很少回来，也许落草城市会比落草乡间强。村庄与他们之间除了一息尚存的老爹娘，已没有任何瓜葛。有一天，当爹娘死去，成了坟头上的草时，他们才会回来，然后，更彻底地离开。

村子里一个上了年纪的老人在沉睡中死去，这于他来说是一种最得体最幸福的死法，不用劳烦子女们奔波，不用拖着疲弱之躯苦等油尽灯枯。村庄又少了一个人，村上的草又多了一棵或一丛。老人们总说自己的命和草一样贱，到头来只有草可以做最后的陪伴，在灵魂没入土地的时候，一生的凄苦都化作了来年坟上青葱的草叶。

草是有来生的，无论死得多么难看，春风一点染，它就又是芳草了。村庄和村庄上的人们没有来生，一旦离去，永不回头。

清明乡间

虽至清明,乡间的天气还是冷着。猫瑟缩在门槛边,狗趴在墙角,呆望着檐雨落沟溅起的水花。几只老母鸡躲在树底下,雨水漏过树叶,冷不丁就打在它们身上。石墙上爬山虎的叶子,晶莹地绿着。陶盆里杜鹃透明的花瓣,在雨中泛着紫光。含笑还未开,水珠在花苞上倏然滑过,谁也挽留不住谁。

老屋挂在雨里,形单影孤。远山挂在窗前,雾漫着,时淡时浓。田野躺在绒绒的草上,一任紫云英、小雏菊迫不及待地爬过道道田埂,任性地绿到远方。像有催春的手在身后攥着,绿一路小跑,开怀着,一不留神从高高的田塍跌下去,滚落到溪里。春光就在水里漾,在溪中流,春水绕过村庄之后,就把村尾的柳树芽全润开了。

周遭寂静,清明的乡间,一片清明。

春,很脆弱。春雨,细细的,风一吹就断了线。春花,水水的,雨一打就褪了色。春芽,嫩嫩的,手一碰就折了茎。因为脆弱,春色总是易逝。还好乡村有无边的原野,给了春短暂肆意的居所,乡间所有的方向都是春的方向。绿随心所欲地蔓延,不放过一寸泥土。还未到翻田的日子,去秋的稻茬依旧站在田里,愣愣地被绿包围。春的急遽,秋的疏缓,悄然邂逅。

羊在地里吃草,鸭子在田里嗍食。羊善良而羞怯,任何陌生的靠近都令它们心慌,跳着躲开,躲得远远的。鸭子悠闲,觅食间隙,不时伸伸翅膀,用嘴巴梳理梳理羽毛,再踱几个方步。日暮,主人手头竹枝一晃,头鸭就心领神会,扑腾着爬上田埂,跟着就有一队鸭子,摇摇摆摆走在回家的路上,许是太惬意,总有一两个分神的家伙忘了看路,从窄窄的田埂趔趄回田里,又费劲笨笨地爬上来。小麻雀最是淘气,在天地间闲逛,累了就回到院子,这边转转,那边瞧瞧。衔着一根自己身上褪下的羽毛,从墙头飞到窗台,飞到檐角,飞到枝头,又飞回地上,似乎藏在哪里都不放心,一阵清风拂过,羽毛轻巧巧地跟着走了,小麻雀若有所失,老半天飞不回树上的家。

雨停了,雾散了,乡村干净透亮,像遥远的初恋。

屋脊上升起炊烟,先是浓稠,渐渐稀朗。几缕烟走着走着,就搂到一起,仿佛久别重逢,勾着手,说着热切的话,直到很远很远,隐入天,隐入尽头。

母亲和阿姆折着祭墓的金箔纸。船形金箔纸,摞满篮筐,这种折法流传已久,不知缘由。一张张叠,一张张烧。烧了,一年或多年的冷落,就有了尽心的表达。祖先在看着,也许折成船形,会让这种心意更快抵达。

山脚下,墓地上,一株桃花在怒放,在死亡边上尽情妖娆。大叔在墓旁的地里,除草翻土点穴种菜。先种下的,已在春中喜形于色,绿绿地招摇。种植,是一种延续。死亡,也是一种种植,种植永远的安宁,也种植悲伤、思念、遗忘。灼灼的桃花,寂静的墓地,喜气洋洋的菜苗,也安静,也宿命,年年如此。很多时候,逝去的人,逝去的美好,是风雨、尘埃、无声的植物奉上最多的祭奠。

夜临,村庄陷入更深的寂静,一切遁入暗中。

庄稼开花

庄稼开花，是土地上一件隆重的事情，朴素的田野因此灼灼生辉，闪烁的光芒直抵庄稼人的心田。

稻花是庄稼中最贵重最沉静的花朵，生长在村庄最肥沃的土地上，它们毛茸茸地隐在密密匝匝的稻叶丛中，默默地扬花吐穗，和最疼爱自己的庄稼人一样，一点也不张扬，只知道世世代代厮守着村庄和田园。稻花开放，是庄稼人一辈子的追逐，它们能够一垄一垄相望，能够适时开花适时结果，庄稼人心中就有喜悦丛生：遇着好年景了。

可以在土地上生长和收获的事物都叫庄稼吧。豆花和油菜花，不像稻花那样拥有广阔的田野，前呼后拥铺天盖地的。它们心甘情愿地被庄稼人安排在房前屋后，或是坡上的一小块地，茅屋旁的一个犄角旮旯里，生长开放起来却和稻花一样死心塌地。

有一种豆，庄稼人唤作"耳豆"。耳豆花初绽时，害羞极了，仅有的两个花瓣裹着粉粉的花蕊，小心翼翼地躲在绕来绕去的藤蔓里，那两个花瓣像极了耳朵，两只虚掩着的耳朵，一刻不停地倾听着大地上生长的信息。到时候了——豆秧爬得比谁都快，豆花噼里啪啦炸开，一串串挂满秧藤。豆荚弯弯，也像耳朵，这绿色的耳朵渐渐鼓胀、饱满，最后听从庄稼人的召唤，成熟了。每次成熟的并不多，但也能短暂地丰盛一下村庄的口味。

除了耳豆花，豇豆花、豌豆花、蚕豆花也是庄稼人听话的孩子，一年年、一茬茬总是如约而至。熟透的豆子有的被晒干，藏在密实的瓮中，搁在橱子的顶层，当作来年的种子，当作招待客人的美味。要是有客人不期而至，温一碗米酒，炒几把老豆，就算不怠慢来客，就是一种亲切和盛情。

油菜花并不是年年都有，也不是家家都种。谁家要有姑娘出嫁，谁家的地上就会长出油菜花。它们依着山坡开放，傍晚来临，山坡下的屋脊上就有炊烟缭绕，油菜花此时成了背景，金黄的色调和炊烟一起温暖了村庄。当油菜花长成菜籽，磨成菜籽油，庄稼人会把它们珍藏在瓷瓶中，姑娘出嫁时，它们是陪嫁之一。母亲会告诉女儿：要把菜籽油放在干净的地方，将来有了孩子，蚊虫叮咬，摔倒跌伤，涂上一点菜籽油，就没事了。

向日葵在村庄的土地上孤单而倔强。庄稼人在刨地时多刨了几个坑，会想到它；孩子们央求的次数多了，会种上它。即便没有农人悉心的守护，也一点不妨碍向日葵长成村里最高大的庄稼，长出庄稼中最敦厚的花朵。风狂雨骤的时候，它的身躯摇摇晃晃地擎着硕大的花盘，总让人忍不住担心。可是只要阳光一出来，葵花就会是所有庄稼中最先缓过神来的花朵，神清气爽地和太阳一起照耀着村庄和土地，瞬息之间人们似乎一下子就闻到葵花长成果实之后香甜的气息。

马铃薯、花生、番薯都会开花，虽然这些花朵不会成为果实，却是一种欢欣鼓舞的预示，预示着蕴藏在土地里的成熟和收获。

只要还有庄稼在开花，日渐苍凉的土地就还会有欢乐，日渐落寞的村庄就不会太贫瘠。只要还有庄稼在开花，庄稼人的手再粗糙，也还是拈香的手，他们粗糙而贴心地抚摸过后，很多庄稼开始盛开和茁壮。

第三辑

尘的世

尘的世

01 船沉了

堂哥死了,死于一场海难。做了一辈子船老大,最后和船一起死去。

堂哥一家很穷,三个儿子中大的已近四十,还没娶上媳妇。因为穷,一家四个男人只能受雇于别人,常年在海上漂,向无常的风浪讨点生活。

这一次大海依旧没给堂哥一家好脸色。亲戚们费尽周折为堂哥要回了几万元的赔偿,堂哥用死让家人第一次有了那么多钱。

按故乡的风俗,父母逝后儿女们要在百日内成婚。

三个儿子中只有快三十的小儿子有资格结婚，几年前他就有了对象，因为没钱，婚怎么也没能结成，这回终于有钱结婚了。

吉日前后，左邻右舍亲戚朋友在堂哥家中很热闹地吃了几天。堂哥活着时，家里从没这样喜气过，这会儿，能瞧见这喜气的，只有山坡上那堆新垒起的静静的黄土。

02 羊丢了

表舅牧了一年多的三只羊被别人偷偷地牵走了。

七十多岁的老人满山满冈找了三天三夜，终于在那户人家的羊圈里找着了。他想把羊牵回家，人家不让。表舅说他在羊肚子、脖子下都做了记号的，这三只明明是自家的羊，怎么不让牵呢？可人家说他家的羊也在相同的地方做了相同的记号，反赖是表舅偷走了他们的羊。

表舅气不过，老了的他，死了儿子，死了老伴，除了这几只羊，没有谁会天天伴着他，就是不做记号他也认得，可是羊不会说话。表舅想报案，人们一听笑开了，又不是死了人，报什么案呀，有谁会去管三只羊的事呢？

表舅住在岛上荒僻的村落，老实了一辈子，除了老实，他没有别的能耐。老了，连羊都看不住了，他心里憋屈。找不回羊的老人，只好跑到天天牧羊的山坡上偷偷哭开了。

03　村子破了

村子里的人走得差不多了，只剩下几个上了年纪的老人，还有一只狗、两头猫、三四只鸡，最醒目的是几堵老土墙，将倾未倾。

冬天到了，老人们最盼望的事就是晒日头。林家太婆每天都颤巍巍地拄着凳子到隔壁家的墙根下坐上一阵子，那儿的阳光最好。

这一天，太婆又拄着凳子往墙根挪，眼看着就到了，一块石头把凳子磕了，凳子摔倒了，太婆也摔倒了。太婆怎么使劲都没能站起来。日头一点点偏了，地上冰凉，过了许久，太婆还歪在那儿。

狗过来了，猫过来了，鸡过来了，人也过来了。

不辞而别，或永别

七十岁的老父亲失踪了，没疼没病的，突然就没了影，一天一夜还找不着人。

女儿在镇上父亲能去的地方——海边、澳口、沙滩，都找了个遍，没有任何消息。

"我走了，你们不要找我了。"这是父亲留给她的最后一条信息，手机的定位在镇东的一个小渔村。亲戚朋友在村子聚集，朋友圈里也在寻找，但没有找到父亲。

父亲真的会去死？女儿不敢想，海风耙子一样耙过她的心。如果父亲真的走了，那这个家就是最后一块碗也摔破了。

母亲患病三十多年，吃药吃光了自己所有积蓄，连同儿女们的积蓄。为了钱，和因为钱生出来的种种事端，女儿离婚了。为了钱，弟弟一家也是三天两头吵。父母更是没少为此大动干戈。父亲年轻的时候，在码头奔波做活，也是赚过不少钱的，只是闲时爱赌一把，钱像流水一样来，也似流水一样走了。后来母亲病了，日子也就得了病似的，再也没有好过。

前阵子，父亲觉着自己也病了。女儿催他去医院看病，可他总是以各种理由推托。不住在一起的女儿，也没法天天盯着他。父亲如常，住在低矮的老房子里，偶尔还到老邻居家里串串门。老房子是祖业，从前海边的房子都是低的，为了躲过坏天气里冲上岸的海浪和潮涌，低是安全。如今，这种低却是破败和可怜。老屋周边盖起了许多高高的水泥房，都快把老屋压到地里去了。

人若要死，有千千万万种理由。大多时候，自杀是最被人耻笑的一种理由，除非你是虞姬。说万死不辞的那位英雄，大概知道自己不会死。再苦再难，也活到七十了，还有几年活头，为什么要去死？

女儿心中不祥之感一起，就急忙掐掉，她觉得父亲不会做这样的事。就像老房子再老，还没塌掉，还可以住人一样。可是风，夏天的海风，早已不是从前的风了，它已没办法从老屋吹过，码头上那些高高的房子全都挡住了风的来路。

邻居老伯告诉女儿，父亲失踪前和他聊天时，有意无意说，如果死，要死得不让家里花一分钱。他不去医院，是怕万一自己也得了病，又得花钱。要是得个癌，花了钱，也是要死，死了办丧事，还要花家里人的钱，不如早早自己做个了断，死得无影无踪。

父亲不辞而别。走前故意在镇东的村子发了信息，然后关机，逆着村子的方向，离开家，他以为几个小时的车程，足以误导家人寻找的方向。

多日后，在离家很远的海边，人们发现了一具尸体，已被海水浸泡得面目全非。DNA鉴定，正是失踪的老父亲。

多日后，女儿在老屋为父亲办了丧礼。

老父亲想不花一分钱离开这个世界，没有做到。他唯一做到的是，和儿女们、和千疮百孔的自己永别了。

野猪进村

村子在海边的山上,但在村子里看不到海。

村中的房子,如扔掉的火柴盒,瘪瘪的,塌在山坳里。一日日地,风从海上刮上来,雨从天上倒下来,火柴盒子一点点烂掉,再也擦不出一丝火星了。

春天时,屋梁上还悬着几片瓦,到秋日,片瓦不存,只余几根横梁搭在颓墙上,没有了瓦的屋子,纸片一样单薄,说不准哪天晚上就会被风刮跑。

寒露过后,山的影、树的影都重了,像吊着黑秤砣,从树下走过,从山边走过,只觉得那黑秤砣会随时砸下来似的。

天黑得越发早,海风从山口涌上来,天风从山上碾下来，黑乎乎的风，罩着村子，整个村子暗沉沉的。

只有山坡上还有一圈亮，亮的是白色的蛇皮袋子，一个个绑在渔网上，绕着水田、地瓜地、菜地，顺着山势，圈起半个村子。风剐过白色袋子，剐过稻田、地瓜地、土墙，剐过村中的四个老人。

四个老人，算人家是三户人家，长住在村子里。别的人家，早早就搬去镇上过，有的去城里或更远的地方。二十多年来，有些出去的人，一年里会回来一日半日的，来时比风急，去时也比风快。

在老人里，温叔还算年轻，眼疾不重时，还能下地干活。他光着脚，在地瓜地里绑袋子，一个个系在渔网上。他不怕风剐，反正被风剐了一辈子。他也不怕人稀，都快入土的人了，就是鬼也没啥好怕的，现在他最怕的是野猪拱地。那些网和蛇皮袋子，是他和老婆子为了拦野猪圈上的。可是，一点用也没有。

野猪夜夜入村，一片地瓜地，上百株地瓜，一晚上就被拱个遍。还有十几天，地瓜才能收，野猪却一日比一日拱得凶。老人夜夜巡地四次，半夜十一点，凌晨一点、三点、五点。但是，一点用也没有。

因为野猪比人多，多得多。

就在前一日，傍晚天还亮着，五头野猪就下山了。拱了地瓜地，拱翻了田埂。扬长而去时，是穿过村子的，好像村子是它们的另一个窝。

夜里，老人又听到野猪粗重的喘气声，就在家门口的地瓜地里。听声音不止一头，是一家子。它们呼哧呼哧拱地的声音，像拱在老人的身上。老婆子拽住要出门的老头，她担心，老骨头哄不走野猪，倒被野猪给拱了。

日头出来那会儿，是村里最亮的时候。亮的有头天夜里被野猪啃剩的鲜地瓜，和地瓜上的牙印，它们明晃晃地留在地里。

亮的还有一座老房子被刷成粉红色的外墙。这一年，有风从城里刮来，城里有人回来整饬老房子。他们说村子离海近，翻过山头，可以看到海，风景好着呢，可以做成民宿啥的，让城里人来住。

老人眼神不好，在村里住了一辈子，从没见过这种模样的墙，那粉红色的墙，和地瓜上野猪啃咬的牙印一样扎眼，天天在眼皮底下晃，晃得他眼疾愈发严重了。

从凌晨两点开始的日子

入秋,连着几日,小区门口的面摊都关着。在这吃惯了早餐的老老少少,一时间早餐没了着落,见不着日日要有的热气腾腾和招呼声,若有所失。大家不习惯,十年的味道,在某一天早晨突然不见了。虽然那味道,不过来自一个简陋的地方。

面摊,不是店,就是一个摊位。两顶帐篷,一张桌子,几副碗筷,两口锅,就是全部了。这些家当在大门口的围墙旁一支,就是十多年。最早摊顶是塑料的,被台风刮飞后,摊主才换了结实一点的篷布。

歇摊七八日后,面摊重又开张,只是摊主阿姨脸色惨白,原来那日阿姨深夜出摊,提水时用力太猛扯到胸口，当时以为没事，扛到中午，居然吐血。

住了一周医院，利索一点，阿姨就急着出院张罗面摊。打经营面摊起，很少歇过这么长时间，突然这么一歇，倒让她不自在了。

为了清晨那一拨生意，阿姨和老伴的每天，都得从凌晨两点开始忙乎。"有时也会睡过头，但最迟不会超过两点半。"阿姨整理桌椅、煮肉臊、磨豆浆、包扁肉、烧开水。老伴骑车去别家店铺批发现成的馒头肉包糕点。在第一个客人光顾之前，他们得把所有一切准备妥当。

天天如此，夜夜如此。

其实，日子要是可以一直如此下去，也不赖。有一天凌晨，两个老人"如此"的日子，戛然而止。

凌晨的巷角，只有微光。在昏暗的巷口，一辆摩托车疾驰而过，撞翻了骑自行车的老人，包子散了一地，老人本来就胖，轰然倒地那刻，像滚出去的肉包，馅碾碎一地，还没个收拾的人。那辆摩托车在暗中逃走，从此，没了影迹。遍地都是探头的世界，独独在那个角落隐形。

人要是背运，喝凉水塞牙算是好的了，可气的是，喝凉水还噎个半死。

老人的腿断了。断了就接上,以为接上了就可以撑过去。可是,断的,没接上,却"锯"掉了。因为糖尿病并发感染,老人辗转多家医院,还是没法让腿好起来,为保住老命,只好截肢。一番折腾,命捡回来了,进城开面摊赚的钱愣是给折腾光了。

摊主阿姨和老伴从乡下进城二十多年,头几年在城乡接合部的各个工地经营面摊,新房子盖到哪,他们就把面摊开到哪。后来攒了钱在小区买了房,便也把面摊开在小区门口。被摩托车这一撞,好好的日子给撞成散沙。

之后两三年,面摊阿姨的凌晨,只有一个人。热天,一个人熬着热,备各种早餐料。冷天,一个人受着冻,做各种摊上活。

小区里缭乱的世事,时不时会聚在面摊的桌上,成为一勺盐,或半匙醋、一杯豆浆,中和着摊主阿姨日日的活计。有人生有人死,有人病有人老,有人笑到岔气,有人苦胜黄连。日子阴霾,风卷尘土,尘土只好漫天,不然连尘土都做不得。

十几岁的孩子,逃课、玩游戏,然后……吃早餐的人们,忍不住叹息,心照不宣地把声音低下去。

小区里有老人死了，唢呐铙钹一阵一阵响，小小的孩子听着发呆，吸溜着面条半天不下咽，"什么要吹得这么热闹呀？"奶奶不想让他知道"死"的事。"快吃快吃，那是老人要搬家，换个住的地方。""那新娘子来了也要吹，是不是因为也要换个地方住？"奶奶躲闪着不说，小孩执拗地刨根问底。

中年妇人，得了美尼尔综合征，变得迟钝和呆滞，走着走着就摔倒。在面摊前，流着泪说，人多的地方不敢去，怕挤了碰了倒地了，丢人。人少的地方也不敢去，怕崴了磕了摔了，没人发现，连家都回不了。说着自己的不中用，觉得活着一点奔头都没有，还不如死了。阿姨劝她，哪有那么容易死，不是还能走路吗？我们家老头，可是连路都走不了。

走不了路的老人，在出事多年后，安了假肢。能走几步路后，就挂着拐杖，日日坐在摊边，守着馒头肉包豆浆，帮着阿姨招呼来来往往的吃客。

摊主阿姨日复一日地忙活着，有时也恨，那个肇事的人，是不是成了鬼，竟然无影无踪，没有人知道他在哪。

骨头坏了

在骨科病房，骨头成了身体里最脆弱的部分，终日躺着、疼着。四个男女病号一同挤在一间病房，肩骨、腕骨、脊椎骨、髋骨、踝骨，平日里坚硬无比的骨头在这里全打上了补丁，确切地说，是钢钉。

靠门边床位躺着的是一位中年农民，他的四节脊椎骨萎缩了，女儿守着他，看父亲疼得大喊大叫的，一边抹眼泪一边责怪："早就叫你看医生，老是舍不得。"中年农民觉得自己的骨头劳累惯了，没那么轻贱，疼了歇歇就会好，没想到最后直不起来了。他的身子骨一年四季在水里泡着扛着，春播秋种，翻田犁地，总在不停地弯腰、弯腰。这几年到城里挑砖，一层一层楼挑上去，还是在不停地弯腰。干活的时候必须弯着腰,疼痛的时候只能弯着腰。偶尔不疼了,他就担心,骨头上带着钢钉,以后还能不能弯腰干活。

二床是一位五十多岁的外地海员,家在遥远的江苏南通。那天他站在船舱顶上,一个恍惚就摔下甲板,两百多斤的庞大身躯重重落下,半边身子的腕骨、髋骨、踝骨碎的碎、断的断。手腕固定架上十多根不锈钢螺丝,露在外头一寸多,明晃晃的,像个机器人。他着急回家,医生一来,就追着问:"什么时候可以拆线啊?"疼在异地他乡,连个看他的人都没有。

两个老婆婆的病床紧挨着,髋骨和脊椎骨的受伤,让她们动一下都困难。

午餐时间,一号的女儿给父亲喂饭。

"你吃什么?很香。"海员问。

"肉啊,想吃肉啦?"

"已经好多天没吃肉了,住院前我最爱吃肉,餐餐都要肉,特别是猪蹄肉,真的很想吃肉。"

"那叫你儿子也买点肉给你吃。"

女儿喂完饭,嚼起了腌萝卜。父亲也想吃,女儿嗔怒:"病还没好,不能吃这么咸的东西。"

中午的病房里，疼痛似乎没有了，肉香、腌萝卜成了最美的话题。

说话间，海员的额上渗出了汗珠，呻吟声代替了说话声，不知哪一块骨头又开始疼痛。大家都不说话了，好像每说一句话都会加重他的疼痛。海员的呻吟声渐渐大起来，所有的姿势都是不舒服的姿势，儿子刚刚用所有能找到的软东西把他的脚垫高，他就嚷着要把脚放平。儿子在床前手忙脚乱，父亲的骨头依旧疼痛不已。午后的病房空气闷热污浊。海员的疼痛像寒流，急急地驱走了片刻之前还热气腾腾的吃兴。有人悄悄关掉了电风扇，担心被疼痛折磨得满头大汗的那块大骨头，会被电风扇扇出感冒来。

医生来了，他说，刚做过手术没几天，疼痛是正常的，现在疼了以后才不疼。疼痛的间隙，海员突然喊了一句：为什么不摔到海里啊？

夜晚来临，海员的疼痛仍在持续，两位婆婆也加入了疼痛的行列。而病房外的大街上，灯火通明，车水马龙，许多不疼的骨头正在灯光下自在地晃来晃去。

路　人

之前住的小区，有邻居大伯，从乡下来城里儿子处生活，三餐无酒不欢。经常看到他喝了酒，带着醉意，在小区空旷的地方发脾气。酒后的老伯，像逮着前世的仇人，声嘶力竭地说着过去，借着酒劲，声音极大，常会吵了人家，便惹人嫌。

一日下班，上楼遇见老伯，他又在醉中，扶着栏杆，很认真地嘱咐我：这"岭"很陡，要小心走，一定要小心。走到二楼，他还在叨叨：很陡，真的很陡。那刻，没法嫌他。

菜市攘攘，人声嘈杂，也脏也乱，可离不得。始极烦，日久发觉菜市不乏有趣之人有味之语。有卖鱼的与买鱼的在抬杠。

"我这是本地带鱼，好吃，绝对好吃。"

"你怎么知道是本地带鱼？"

"我从小就捕鱼，没有我不知道的鱼。"

"为啥本地带鱼好吃？"

"本地带鱼就长在家门口的海，没风没浪的，当然好吃。不好吃的带鱼都长在菲律宾、印尼那边的海，那些海是什么海？那些海会长台风，长台风的海长出的带鱼会好吃吗？"

说的是，长台风的海能长出好吃的鱼？

日日买菜，难买出新花样，不免抱怨："都不知买啥好！""山上就那么多草，水里就那么多鱼，有吃就不错了！"摊主说这话时，像个哲学家。

夜的海边，圆月正好，潮退，人欢，篝火在燃。村里捡破烂的大婶在暗中一个一个地捡易拉罐塑料瓶。接过我手中的瓶子，走了几步又折回：你们晚上在哪睡？那时帐篷还未流行，便玩笑说：就睡在沙滩上。大婶紧张：沙滩怎么睡？很湿，半夜还有露水。继续玩笑：睡在干的沙上就不湿了。大婶道：那我回家拿床被子给你们盖。当即止了玩笑，拦住了她。

冬日巷口，风在串门。阿婆在风口摆了个小摊，卖鞋垫，卖地瓜米。鞋垫上有古老的手纳纹饰，地瓜米是乡下的地种出来的。阿婆围着龇了毛的围巾，蹩在墙角纳鞋垫，颓墙勉强挡住一点寒风。糙的手上，有冻裂的口子。这本不是摆摊的地方，只是一个拐角，来往的人很少，多是匆匆而过。

"阿婆，这么冷，也没啥人来买，早点回家吧。"

"再等等，能卖多少是多少。"

"阿婆，厝在哪？晚回了，家里人会担心吧？"

我问了不该问的话。

"哪有厝？两个儿子来城里快二十年了，还租别人家住。他们打工没空看孩子，我才来城里帮他们。我孙女那么乖，成绩那么好，从小都是我带的，才念到高中，好心帮别人拿东西，却被人杀了……"

阿婆在风中垂泪，用龇了毛的围巾抹泪。丢了牙的嘴，塌在抽泣的鼻子下。皱的脸，白的发，痛的心，在无人的巷口发酵。原来，阿婆是那个轰动小城的凶杀案中被害小女孩的祖母。

"来城里有什么好？要地没地种，要厝没厝住。不来我孙女就不会没了，现在还躺在那么冰的地方，要死也是我先死……"

阿婆几度哽咽，我怔在风中，不知说啥好。

后来多次路过那个巷口，却再也没有见到阿婆。

扫　尘

日子走疯了，一年又到了头。

窗外，是连绵的阴雨，玻璃上尽是雾气，水滴一道道挂下来，外面的世界花成一片片。

一个人坐在办公室里，总觉得窗外的雨淋着我了。"我有事想登报，行不行？"有苍老的声音从背后响起，一位穿着黑衣的老婆婆径自坐到我对面的位子上。"什么事情要登报？"我话音未了，她的眼泪就夺眶而出："昨天是好日子，就要过年了，要扫扫尘的。电灯坏了，也要换一换，叫儿子帮忙做一做，他不做，还要拿刀砍我。我都七十二岁了，不让他去赌，他动不动就拿刀唬我。过年了不扫尘怎么行，我哪里做得动。我想在报纸上登一登，他不能这样……"

扫尘？记起来了，扫尘可是一件大事。在乡下一到年根，家家户户都要挑个好日子，买把新扫帚，装上长长的柄子，把所有屋角旮旯的灰尘蜘蛛网扫尽，扫扫洗洗刷刷之后，被烟尘遮蔽了一年的旧屋檐、旧墙板、旧碗橱就是新的了，一切都收拾停当，年的气氛就簇拥着奔涌着来了。

在老婆婆心里，扫尘定是重要的，特别是能看着儿子为她扫尘，不然她不会想出登报这一招。可是没有人能为她扫尘。老婆婆絮絮叨叨地说着，我看见她的眼睛和窗玻璃一样，一直花着。我什么都不能为她做，只有听着：但愿明年过年的时候，她拿刀的儿子会拿起扫帚为她扫尘，但愿她还能看到。

雨越下越大，连空气都变得泥泞。老婆婆离去时阴沉而潮湿的背影老在我眼前晃。扫尘、扫尘，为什么会有尘？办公室里也有很多灰尘，久无人坐的桌椅，墙角的饮水机，堆在地上的报纸，全都蒙上了灰尘，我怀疑自己也蒙尘了。

"报纸卖吗？"收破烂的大婶站在门口小心翼翼地

问。"不卖，还有用的。""那么多报纸哪看得完？过年了，还留着旧报纸做啥？都是灰尘，卖了吧！"每年这个时候，报纸就成了破烂。但是第一个来收的人往往是空手而归的，大家总是坚持"报纸还有用的"，到最后架不住一个又一个收破烂的大叔大婶说它们是破烂，就觉得它们灰头土脸待在角落里真的是破烂。一斤四毛，连同灰尘，卖了，就当是为办公室扫尘。也许是老婆婆的缘故，也许是窗外老也不停的雨的缘故，今年听到"破烂"声，心里竟起了皱褶。十几年来自己所做的事情和报纸息息相关，可它们无一例外成了破烂。这么一想，屋子里似乎全是灰尘，一点一点将我淹没。尘埃落定之后，我已经蓬头垢面。

窗外响起鞭炮声，一阵高过一阵。今天可能又是一个好日子，年前总是有很多好日子。鞭炮响过，又会有很多灰尘落下。朋友来电话说，她要回来送别二伯父，一个月前她还在省城为病中的他过生日，吃着满桌可口的菜，他一个劲感慨：一辈子没吃过这么好吃的东西。可今年的年夜饭，化尘而去的他，吃不上了。

雨依旧在下，都说清水洗尘，还说低到尘埃的高度，就可以看到花朵盛开，我不信。有的灰尘，不用扫都会随风而逝，而有的灰尘，纵使用一辈子的时光，也无法扫尽。在这样潮湿的时候，我只知道，大雪小雪又一年，过去了。

银杏树下

"阁是女孩子住的,观音是菩萨,不是女孩,观音住的地方不能叫阁,要叫圆通宝殿。我没读过书,但这个我知道,你去翻翻书,是不是这样……"

"观音阁,从来都这么叫,哪有不行的。"

一老一少两男人,坐在鼓楼的台阶上,为"观音阁"之名,论开了。

雨后初晴,初夏的阳光,有些毒。寺里人不多,三五而已。他俩坐在台阶上,已有些时候。一个眼里布满血丝,一个眼神无奈迷离。不时为什么争着,虽然不熟,但之前在银杏树下照过面,算是有眼缘,不免一笑招呼。

到寺里，原本是想看看几棵古树的。银杏，木棉，榕树，都是好几百年的老树。最喜在春天，看它们萌出新芽。细细的嫩芽，从老树瘤边冒出来，一扎黑褐的树皮里，突然一点绿，好不惊喜。

特别是那棵古银杏树，秋以落叶著称。但，秋天时的金黄固然盛大，春天的新绿，却是轮回之始，更觉耀眼。冬天落光了叶子，银杏树只余高大的树干树枝，参天的大树没了叶子，好比德高望重的人白了头，谢了顶，一身苍茫，不忍细看。

春天，银杏树高枝上，嫩芽细细的，绿从枝丫上抽出一丝丝晶莹，不久，一丝，成了一枝，一团，一树。绿渐烈，渐满，渐阔，当绿渐老时，春天就过去了。春天的银杏树，它好在绿可以老，却不凋败。不似秋天，黄得气派尽兴，也老得落花流水，一览无余。

在树下，细细端详银杏新绿，突有声音起，扯着嗓子说，就是这棵树，一千多年了，是菩萨树。扯着嗓子的人从台阶上来，蹒跚踉跄，一年轻男子牵着他，那年轻男子戴着黑框眼镜，着破洞牛仔裤，新潮也斯文。

"这树是神啊，摸摸树，再摸摸自己身子，菩萨也会保佑的。"树下，老男人踮着脚，极力往高处蹭着树干，然后用蹭过树皮的手使劲摩挲自己的身体，一边蹭一边抹眼泪，一边教年轻男子依样做。年轻男子，讪讪地笑着照做。有些讶异，也不好多语，便走开。

不想在鼓楼下又遇到。他们在争论，少的和和气气，老的是越说越气。无人相劝，见我笑，唤我也坐在台阶上，坐在他们中间，似一救兵。

"做啥事都得讲个发展的，就是当了菩萨，当了神，也要有人拜。没人拜，就不会发展，香火就会断，那就是做仙也没劲。"老男人靠着柱子，生无所恋，说着说着，又抹了一把眼角。

"祖祖辈辈都没做过坏事，没想到我这，要发展没发展，要名气没名气。"一阵酒气飘过来，男人的眼角又湿，他掀起衣，使劲搓着眼睛。伤心欲绝，看起来比银杏树还沧桑。

"他是？"

"是我爸。"

"为啥这么难过？"

"催婚。"

"都三十六的人了，有谁这么大还不结婚？女儿三十二了，也不嫁人。农村人没读过书，但也是知道，做人就是做名气。村里我这岁数的，都当爷爷了。可他，连婚都不结，这走出去有啥面水（面子）？和尚头也要有和尚子（小和尚）陪，不然那么多寺庙，怎么活下去。"

原来是一对父子。儿女未婚，成了他的心病。借酒消愁日日难欢。昨晚喝了酒，又以泪洗面。儿子怕他想不开，就带他到寺里走走。终于明白他先前说的"发展"，树活一张皮，人活一张脸，开枝散叶，于他是朴素终极的念想。一如寺里的银杏树，因为有每一年春天的蓬勃生长，才有了一千多个春天的茂盛，古老而庄严。

"为啥不结婚？"

"一个人过，干干净净的，干吗要结婚。"

"不是没人，多少人介绍，连电话都不打。差不多就是了，问问菩萨，结婚有那么难吗？不结婚能过吗？"父亲满腹辛酸意难平。儿子喃喃："信菩萨不是天天二十四小时拜就是信，心里有佛就是信，心里有好就是好。心里没修好，天天拜也没用。"

父子俩在两条路上狂奔，逆向逆流。两条路之间是一桩婚姻。

日头越来越毒,烈日下的银杏树,泛着光。银杏树它不结婚,却活了无数年,古老而庄严。

一千多年前,在这座寺里,这棵树下,也有一个人不结婚。那年他才十五岁,说走就走,祝发出家。这一走,凡间少了一个结婚的人,佛家多了个鼎鼎有名的大师,他就是五大禅宗之一沩仰宗的开山祖师——灵祐禅师。

修行途中,一次拨火,成为流传久远的禅宗公案。冬日夜寒,灵祐侍立师父百丈怀海。"你拨拨炉子,看还有没有火?"灵祐拨了一下,回师父:"无火。"百丈起身拨,拨出一点火星来,"这不是火吗?"灵祐顿悟,"是我拨得不够深。"

结婚与否,都是"拨火"吧,谁拨谁知道。父亲的泪里,有儿子看不见的"火";儿子的坚持里,也有父亲拨不出的"火星"。

我这无力的"救兵",一点忙也帮不上。面子与里子,哪样都没法轻易放下,谁又能轻易放下。

"不指望他放下,我会放下的。"

"你怎么放下?"

"我不结婚,他会苦死。也许就随便找个结婚,顺他意。"

儿子扯着牛仔裤的破洞,眼神飘出几万里。

寺中的银杏树,每一年春天蓬勃如初生,茂盛了一千多个春天,古老而庄严。银杏树就一棵,没有谁伴着,好好地活了一千多年,古老而庄严。

第四辑

且行且温暖

太姥蓝

太姥山属蓝。蓝了一亿年。

那蓝,从海里来。据说,世上的海有五十多种蓝。绀青、琉璃、千草、露草、群青、空、勿忘草、水……

一亿年前,这里是海。诞生了太姥山的蓝是"露草""群青"还是"空"?我想它是"空"的。空空之蓝,是大荒,是透而不明,是明而不透。一片海,游进山,满山的石头,或涧,或洞,或柱,或峰,或壑,是石的挣扎,还是海的再生?据说,太姥山是一座"空"山,满山空洞。山要做到挺拔、巍峨,那是本分。如若是空空的万丈之雄奇,定是山中之山才有的气势。

一亿年了,海一直藏在山中。九鲤朝天,是鲤吗?

不，是鲸，从海里游来的鲸。它在山上，以仰天之姿，望蓝。天青地碧，都为了它的蓝。不远处，沧海茫茫，也在听它的蓝。

"鲸"落大海，是死。"鲸"现太姥，是生。说它是鲸，是一厢情愿。说它是"鲸落"，一座海，就在它的身体里游动了。鲸，大海里的哺乳动物之王，死后缓缓落入深海，像星辰陨落。一头鲸的死，可以造就一个深海生态系统，若以自然之时间，要两千年。一鲸落，万物生。

太姥五十四峰，是峰吗？不，是鲸，是从海里游来的鲸。峰削青云，是鲸在云里重生。满山的晶洞，是鲸之泪。最深情的那滴，流在夫妻峰上，千年拥抱，都无法风干。最绝望的那滴，溅落在伤心岩边，日升月落，还是孤心如雪。最挣扎的那滴，淌在了七星洞里，鬼斧神工也难化其一二。最邃蓝的那滴，露草一样，停在一个叫"蓝姑"的女子身上。

遥远之前，上古时代，彼时之山，还谓"才山"，是大荒之山。蓝姑种"蓝"（靛草）于山，"蓝草"也是海水浸染过的草吧，不然从何而蓝？蓝姑极善，避乱山中，练蓝纺衣。洗蓝之际，山间清流顿成一脉幽蓝，溪之名,遂成蓝溪。溪之所向,唯有蓝海。

但"蓝"心可鉴,不仅此。蓝姑种"蓝"亦植茶。蓝姑以白茶救治染疫村童,被村人敬为神明,后羽化仙去。由人而仙,蓝姑成了太姥蓝里的"琉璃",一龛灯火,照彻大荒之野。

鸿雪洞前的白茶,已成白茶始祖,现在太姥山域遍植白茶,茶之芳泽,如海,如涛,波涌至今。以为茶中远近闻名的"福鼎白",是脱胎于"太姥蓝"的。若无那道远古之纯蓝,便无今茶之醇之厚之白。

一鲸落,万物荣。一个女子,以蓝草之实、蓝溪之境、蓝鲸之魅、蓝海之心,哺育了一座山。从她始,太姥山有神,有仙,有佛,有五千年之诗赋,有高入苍穹之音,亦有低入尘埃之诉。有咫尺乡野之礼拜,亦有千里万里之奔赴。

步生和尚,一生行走在太姥山。海上仙都,于他就是一条路,一条修行之路,也是营造之路。他用五十多年的时间,一块一块石头,凿通从山底到山顶的路。俯仰之间,海在海中,海在山中,海也在他手中。

太姥山上有两处回音谷,一处七应,一处三应。空谷回音,是山的悸动、荒凉、纠结。又是海的呓语、浪奔、浪流，卷起千堆事。

四百多年前，明朝著名哲学家、科学家方以智在《声异》一文中记载："太姥有空谷传声处，每呼一名，凡七声和之。""峡石七曲也。人在雪洞，其声即有余响。"九岁时，他即跟随任福宁知州的父亲方孔炤，在福宁州治霞浦生活。父子多次同游太姥山，空谷听传音，是父子间难得的游山之趣、听山之乐。

不承想，中年离京避祸，颠沛流离，方以智辗转又至"温麻太姥"，好友陈名夏南下，特来看他，留诗云："世乱藏身行路难，高飞黄雀泣秋残。名山僧隐观沧海，荒谷人来看白冠。""龙眠方子独身走，山下遇之真不偶。天涯儿女仍在否，不能相问踌躇久。方子出金置袖中，万里相思看北斗。"

太姥回音犹在，但境未迁，时已过，往日少年，已是双鬓飞霜。方以智与友怆然离别，远走岭南，后来自沉于江西万安惶恐滩头。那刻，太姥山间，七声应处，或有决绝而凄然的回响。空谷回音，是人情冷暖，也是沧海横流。似乎只有"水"一样的蓝，才可以融化如此悲情。

清晨六点的太姥山，是"勿忘草"之蓝。寻蓝而登，遇雾。海口之雾，汹涌着上山，太姥雾天，年有百多日，那些幻雾，似来自远海故乡的亲人，它们抚摸每一块石头，像怀拥亲爱的孩子，一亿年不曾老去的孩子。

同行者中，有白君，他百多次登临太姥山，在山中观星，慕云，听风，阅石，览书，遣怀。他的白中，隐隐有蓝。

在紫烟岭上，我似乎又看到那只"鲸"。它在云端，在石上，在风里，在雾中，在世人的唇齿之间，在倾泻的天光之隙，在崖上的栀子花下，在峰尖的白茶香里。它一寸一寸游过时间，那是蓝的时间。

太姥蓝，无尽蓝。

霞浦：慢游　漫游

世上并没有非去不可的地方，但一定有独一无二的地方。霞浦的山海之间，隐藏着一些独一无二。可沉迷留忆，当然，也可以忘记。

01　赏海

天落在湾上屋顶
近旁只有海涂和浊浪
远海是火柴枝一般细小的
一串帆影向南挪动
高飞远逸有如希望

迢遥的一线白光

照耀在远方

——蔡其矫《雨雾霞浦》

在著名诗人蔡其矫的诗中，霞浦的海辽远，孤独，隐秘，却又有光，有希望。

霞浦的海，有太多的诗人歌吟它的诗意，也有太多的摄影人定格它的诗意。但有些诗意与况味，是无法用言语和画面穷尽的，只有身临其境，才能深深体悟。

霞浦，地处福建东北部。陆域面积1716平方公里，海域面积2.89万平方公里。浅海滩涂265万亩，海岸线长510公里，占福建省海岸线的八分之一，为福建沿海县份之最。据说海岸曲折度1∶10，为东南沿海最曲折的岸线。有作家如此感叹其曲折："海岸线自由散漫了10公里，不过赶了1公里的航空里程，真是柔肠百转，缠绵极了。"

因其曲折，所以多姿，多彩，多故事，多流连与守候的目光。

因其曲折，这里的海岸、澳口、滩涂，都被裁剪出最优美的角度。

霞浦的滩涂，被誉为"中国最美的滩涂"。美在变幻的光线，细腻的色泽，丰富的层次。

日出北岐，你若在场，或会成为霞光中的一缕。天光幻化，云影徘徊，大海的漆黑被一点一点打开，花朵盛开，是海上花。

日出花竹，你若在场，会看到三三两两的小岛在海中绰约，是湖还是海？辽阔中有优雅，优雅中有雄浑，雄浑中有深深的迷恋与哀愁。

日落东壁，你若在场，就会确信，所有美好都短暂。黄昏的色彩，比清晨的更贵重，因它即将逝去。云在天上，也在海上，潋滟，舞动，闪烁，消逝。看上几眼，它就坠入深渊。只是，深坠之前的美好，它给了你。

日落小澳，你若在场，也许会想抛了万丈红尘，踏海而去。

如果没有日落日出、阴晴不定，也可追风追雨。每个台风季，霞浦的海天，愤怒，激昂，是迷途的兽，狂野，执拗，不依不饶。只有等待，安静的等待，才可等回它的安静。心动，惊讶，惋惜，无语，在这一方曲折的岸线上,都会经历。

02 探岛

> 波平如镜微澜舐岸
> 青青的草色与烟波
> 葱葱的山光与春晖
> 把孤岛点缀像盎然梦乡
> ——刘伟雄《春天的西洋岛》

四百四十二个岛屿,兀立在苍茫大海中。

西洋岛,是故乡的岛。中国版图上唯一以"海岛"命名的行政机构"海岛乡"就在这里。春天的西洋岛,就是诗中的样子。上岛的日子,是回家,也是回到记忆,回到遥远。

白天,可以登高。海岛不是想象中的样子,山色并不荒芜。近处,小小的豌豆花,青青的菜苗,茁壮的山草,陷在山坳中的石头房子,是一波一波的潮汐,深深浅浅涌来。远处,海似无澜,只有平静的浩瀚。只有眺望，一程比一程远，一程比一程深。

夜临，可以晒月亮。海岛的月亮，离山坡很近，离檐角很近，仿佛伸手，就可以抓到一把月光。晒在身上，有青草的气息，有鲜鱼的味道，有祖母拄着拐杖，在石板路上走过的足音。

四礵列岛，远离大陆，漂泊在东海之滨。北礵、西礵、东礵、南礵、白礵、红礵、秋礵……美丽的名字，孤独的存在。在字典里，这个"礵"为"四礵列岛"独有。除了北礵岛，其他均是无人岛。

远离大陆，远离了很多可能，也保留了很多可能。

岛、屿、礁悬寄天涯，朝晖夕韵，风雨狂涛，苍茫寂寥，皆独享。看不到时间的流逝，也看不到岁月的威凛。它们兀自生长，无须任何关爱。

棺材礵，岛名有点悚人，却是海鸥的乐园，一个名副其实的鸟岛。春夏之交，海鸥会如期回岛，栖息、繁衍，无数鸟儿在浪花间嬉戏，在碧波上飞翔，在风雨中悠游……衔一片云霞立崖尖，捡几串海风藏翼下，无人的世界，时光明媚。

浮鹰岛，形似雄鹰浮海，故名。晴日，攀上岛屿最高峰，会有任意东西的快意。大海托起海岛，海岛托起你，你就是最高的云朵，而不是俗世的尘埃了。四方海水都向你湛蓝，万千浪花都向你洁白，偶尔，坡上吃草的群牛，还会向你递来尘嚣之外的眼神。

坡，陡峭。草，疯长。草场就在礁崖上方，牛群就在草间出没。山上有圈，但牛们很少归圈。可以随意在每个舒服的草堆里休息，看最后一颗星坠落，看最先一缕光出现。因为山路只有一条，岛屿只有一座，它们没有多余的路可以迷失。

烽火岛、马刺岛、黄湾岛、东安岛、长表岛……烟波深处，群岛是旷古之星，是挺拔的傲骨，是澎湃的坚硬。

更多的岛屿，无法抵达。只能在心中想象它们辽远的光芒与神秘。

03 走村

在霞浦，在一个叫大京的地方
我从不敢奢望，翻卷的大海形同近邻
它们歌唱，城墙里就会多出一座座殿堂
鱼群赶往安宁的国度，而那些村子里的人

他们沉默，从星月中获得永恒的光亮

——俞昌雄《一个叫大京的地方》

每个人都有自己命中的村庄。在霞浦，有一些村庄，历经流年，朴素或破落，依旧有着迷人的质地。

诗中的大京，曾是霞浦第一村。它的历史，已在风雨中渺远，但古城墙上的青石有记忆。它的风光，也已在俗欲中踉跄，但只要眼光够辽阔，隐蔽的星辰，依旧会在沉默中诉说光亮。

大京，原名大金，踞入闽北口要道，唐时就有人居住，明初福建沿海屡遭倭寇侵扰，为抗击倭寇，明洪武二十年（1387年）当朝下令设置海防巡检司千户所，江夏侯周德兴奉建"福宁卫大金守御千户所"，名列福建十二千户所之首。

也是这一年，驻村兵士在大金筑城垒堡，筑两千多米城墙，辟东、西、南三门（北面依山不设门），墙上遍设窝铺、炮位，装备周全。在城墙上，视野极其开阔，海上如有敌情可尽收眼底。城外凿八百余米长护城河，与城堡构成壁垒森严的防御整体。大京城堡，在抵御海上倭寇的侵扰上，真正起到"执福建之喉舌，固福宁之屏藩"的作用。

城中亦随之建造一条青石板路,四个街亭,开凿四口八角大井,方便军民生活。民间曾流传"洪武帝要在大金建临时帝要都"的说法,也许仅是戏言,但大金之名却在不知不觉间变成了大京,村中之井也被唤作"皇帝井",此叫法沿用至今。

和古城墙遥相呼应的还有一道"绿色城墙"。海口六百多亩木麻黄林,茁壮的木麻黄树沿着三千多米长的沙滩依势排开,挡狂风抵暴雨,镇惊涛去骇浪,年复一年安守村庄。

七百多年了,大京城堡依然固守一隅。英武时光早已远流,四顾周遭,墙外良田已失稻浪千重,只有远海潮音依旧跌宕起伏,偶遇渔人挑着新鲜的渔货,在青石小巷中叫卖,就算是遇着良辰美景了。

半月里村,全然是另一种景致。没有铿锵之音,但含诗书情怀。

小小畲村,也有三百多年历史,是国家级历史文化名村。虽隐山间,崇文尚武之风却是代代相延。这里诞生了畲族歌王钟学吉,畲族小说歌被列为国家级非物质文化遗产。百多人口的村庄,曾在六十年间,开办三所私塾，出了五个文武秀才。

秀才每日练功的石墩子还立在老宅里，如今没有几人能随意搬动它。秀才吟诵的《春秋》《左传》手抄本，还珍藏在后人的柜子中，封面赫然有诗云："三更灯火五更鸡，正是男儿读书时。"遥远的《诗经》在泛黄的纸上流淌，虫眼遍布，字已残缺，但古老的诗情依旧蜿蜒在村庄早春绽放的桃红李白上。

古县，不是县名，是村名。其中恢弘之势，有四溢奔流的气概。

小村，是霞浦县最早的县治所在地，那是一千七百多年前晋朝的事了。更久远之前，三国永安年间（258—263年），东吴孙权在此设立造船工场，史称"温麻船屯"。所造"温麻五会""青桐大船"有很高的技术水平。如今，沧海已桑田，往事滔滔，汹涌的情节，忽远忽近，不知停泊何方，难觅影踪。

在海口，在山间，村庄遍布如豆。日暮乡关，每一个村庄都是故乡，是从容的呼吸，是最初与最终。

04 尝鲜

正月虾蛄刚赤梁,

二月沙蛤满沙场。

三月土蜞四月鳗,

五月章鱼大脚腿。

六月剑蛏大腹肚,

七月海蛩真好吃。

八月潭条会跳舞,

九月岐吉十月蛎。

十一月青鲟目周凸,

十二月鲍鱼肥嘟嘟。

——霞浦民谣

用霞浦方言说的霞浦海鲜名录,每月一品,形象生动,若是吃货,味蕾会在瞬间被激活。

远行,若有美食陪伴,灵魂估计也会飘香。

在霞浦,能够斩钉截铁毫不犹豫说好的,海鲜是其一。外海、内海、滩涂、礁岩……七百多种海洋鱼类,两百多种滩涂生物在广袤海域里生存繁衍。本地人餐餐离不了海鲜，外地人不管是慕名而来，还是不经意路过，霞浦海鲜之鲜之多，还是会给他们"小震撼"的。

舌尖上的霞浦，有两个国字号品牌——海带和紫菜。霞浦作为"中国海带之乡""中国紫菜之乡"，海带和紫菜产量位居福建省前列。霞浦紫菜，就曾亮相央视纪录片《舌尖上的中国》。

每年四五月间，不仅是品尝新鲜海带的季节，也是拍摄海带收获的好时机。那时，若阳光正好，海风徐来，刚从海里捞出的海带就像黛色的绸缎，卷着花边，漾着微芒，有着美好的气息，这可是吃不出来的。

有时，不得不感叹，上天对这片土地的厚爱与眷顾。

辽阔海域，曲折岸线，不仅成就美景，也成就了美食。东冲半岛，如仙人巨臂，半岛揽海入怀，手心是内海，东吾洋和官井洋；手背是外海，一串沙滩散落海边，碧海银沙，海天澄明。

东吾洋和官井洋，明明是海，偏叫作"洋"。自古，由于半岛地形，内海相对平静，成了海洋生物生长的绝佳场所。官井洋，是野生大黄鱼产卵地。蟹、虾、蛏、螺、鱼、海蛎……名目繁多，难以计数。单是虾，就有九节虾、土虾、白虾、赤虾、大头虾等多种。不论是野生的，还是养殖的，这方海，都给了人们最好的馈赠。

华灯初上时，在霞浦的街头巷尾，大排档或是小酒楼，海鲜的味道就会在空气中飘荡。随意走进一家，当家菜一定是海鲜。吃喝间，偶尔也会有快意上心头。人间烟火，俗世情怀，口福也是一种吧。

05 听奇

你以为在梦中能留住那朵飘逝的背影
可梦醒时却只见头上沉沉巨瓦一片
想不到曾经汹涌的心竟成一座寺院
纵心底一树鸟鸣却冷对千帆过尽

——谢宜兴《留云寺或沧海心》

没有历史，就没有传奇。

晋太康三年（282年），霞浦始设温麻县，至今一千七百多年，是福建省建县最早的县份之一。自古多寺庙，多高僧，多贤人，多奇闻轶事。步履沉沉时，不妨驻足看看听听。

建善寺，创建于南齐永明元年（483年），是八闽现存最早的古寺之一。寺中建筑虽已不复古意，但千年银杏一定见证了一位大师的勤学苦修。中国五大禅宗之一沩仰宗的创立者灵祐大师十五岁时就是在这里祝发出家的。

公元804年，日本第十七批遣唐使在海上遇台风漂流至霞浦赤岸停留五十一天，使者中有一人名空海，听闻建善寺渊源，遂前往，与寺僧饮茶悟道，后赴长安学习佛法。学成归国后成为日本高野山真言宗教派始祖和日本文字平假名的发明者。据说，日语中"日本"的读法和霞浦方言几乎一致，此中缘由，可以天马行空任想象。

七佛城，路途遥远，在霞浦玉山之巅。亦城亦寺之境，是七个读书人的城，七个读书人的寺。公元830年，七个读书人，从长安赶考回，途经玉山，逢一寺，想去时雄心壮志，却不料皆名落孙山，不免心意彷徨。正是春天，满山杜鹃，花海烂漫。突然觉得人世无端无常无趣，与其愧对父老，不如绝尘离俗。他们在此停下尘俗的脚步，日日修禅坐定，竟在同一日得道，遂有"同日飞升"之说。年年岁岁，杜鹃灿烂山野，兴许全是他们离尘的畅快与欢笑。

霞浦的寺名有大美。留云寺，仅一片瓦，也可成一寺。原是一巨石覆两顽石，像一片瓦，一间厝，俗称"石厝"。虽在山中，却可俯观大海。据说渔人在海上遥看此方山洞，总有祥云停驻上头，便有"留云洞"之说。后有高僧在此修行参悟，便有留云寺。

在留云寺，看流云，听惊涛，离尘俗事，悟沧海心，是最好。

松山妈祖庙，也是一奇。建于宋，是湄洲妈祖庙之外最早的一座行宫。在松山，人们称"妈祖庙"为"阿婆宫"，敬妈祖为阿婆，颇有亲切感。传说，唐末闽王王审知派部将都巡检林愿驻兵松山，剿除海寇。林愿娶松山王氏之女为妻，育一女名叫默娘，即后来成为"平安女神"的妈祖娘娘，也就是说妈祖的外婆家在松山，所以称"妈祖庙"为"阿婆宫"，也不是无缘无故的。

朱熹题字的法华寺，镇守一隅的塔岗寺，与虎相关的目莲寺……人间有多少烟火，山间就有多少寺庙；山间有多少寺庙，寺间就有多少祈愿。

在霞浦，时光总是很短，故事总是很长。说归说，听归听，可以细细品味，也可以一笑置之。

崙山岛：瓷器一样的时光

看到崙山岛天湖和草场的刹那，我想到了一个词：羽化成仙。所有的草都是羽毛，成千上万的绿色羽毛，在风中舞动，辽阔地绵展到远方。夏日向晚的阳光，在草甸上铺满晶莹的珠子，风牵着珠子晶莹地跳动，从山顶到山脚，从此岸到彼岸，最后晶莹地停在了旅人的眼波之上，又或许就停在山脚下的天湖之中，湖水因此终年澄澈剔透。瞬间，沉重的变得轻盈，忧伤的变得快乐，此岸和彼岸没有了界限，似乎一切亲近它的心灵，在这一刻都有了无限幸福的可能。

风也牵着我，颤颤地走向坡底，走向湖畔。如果此时阳光也让我成为一颗珠子，我一定要坠落在它绿草如茵碧波荡漾的纯净的胸膛上。

　　透蓝的天，纯白的云，碧绿的草，柔软的风，在这里握手、相拥、耳语、嬉戏、狂欢。云影浮在草上，天光落在湖里，风忽而在山腰上漫游，惹起草浪连连，汹涌着追逐着奔向山的尽头。忽而又起了性子，拼命放肆地追赶天上的云朵。撒野的风，变得强劲，云一路狂奔，眨眼间就躲到山的背后。山的背后是什么？是天涯是海角还是神仙的居所？是天涯，是海角，也是神仙的居所。

　　站在云的这一方山脊上眺望，心潮开始起伏，这是怎样的一个地方啊，往前是苍茫的大海，日将落，蚁舟点点，正在归航。薄雾从海上升起，小岛隐约。夕阳被一层淡淡的灰笼住，缓缓的，那灰从海上飘过来，漫过来，漫上心头，心便也生出几分苍茫。而往后却是漫山的青草，遍野的绿，纤尘不染，在天湖四周随山势蜿蜒倾泻，酽酽地流向湖心。碧草在柔波里荡漾，玫红或明黄的余晖在柔波里荡漾，天湖和草场在微曛中有了缱绻之意，天湖醉了，也碎了，只留下一波波酡红的心事，随风潜入湖底，或泛向幽蓝的天际。左手苍茫，右手柔美，在远离大陆的海岛上，我不期然遇到了一段瓷器一样的时光，易碎，但光洁诱人。

暮色降临，又有一段好时光降临。

一牙新月悄悄上了中天，纤细，羸弱，让人心疼。月居然离我那么近，就在我怀中似的，我抱住了，就像抱住一个初生的婴儿，安详而甜美。夜，斜倚在崳山岛最高的山梁上，三两星星，恍若晚风中湛蓝的音符，凝悬在天幕间，对视久了，眼里就起了湿湿的凉意。入夜，流连在耳际的，竟不是大海的涛声，而是天湖里此起彼伏的蛙声。我细细听着，听出了无边的宁静，也听出了无边的自在和热闹。夜渐深，月影黯了，星光隐了，心绪宁了，时光在这里搁浅了。

还是蛙声，叫醒了沉睡中的天湖和草场，叫醒了一夜不忍离去的时光。天空打开了，朝霞在天际铺陈，云朵成了天上的浪花，翻卷出各种形态，天湖和草场也在霞光中着上新装。捧一把洁净的湖水洗脸，看到湖中的自己，和云影霞光一起潋滟，这湖水会流向何方？带着我的影子，湖水会流向远方吗？也许它早已沉沦于万千碧草的柔情之中，早已没有了远方，所以除了停留，还是停留，亘古如斯。

只是我不能停留，我必须离开。归途中看到了飞翔,一群人在飞翔。他们背着滑翔伞一次次在草甸上奔跑、腾空、飞起,他们飞在青草的气息之上,飞在辽远的海风之上,飞在纯粹的时光之上,周身充满仙人的气度。我飞不起来,只能仰望,只能想象,只能告别。那一刻,心中响起了簌簌的惆怅声,关于这里的一切,从此成了前尘。

枫行杨家溪

杨家溪的脸上如果有酒涡,一个是春的枫林,另一个就是秋的枫林了。

枫,是树中的狐,安静时无声无息,狂野时燃情似火。一路走来,到此嗅到了心仪的气息,立马打住。一万多只狐啊,在这里纵情,把杨家溪畔的寂寂山野,营造成了江南最大的一片纯枫香林。

春天,是枫最安静的时候。微雨中的枫,粉绿的袖子,从高高的枝上轻绵绵地搭下来,你在袖子间穿来绕去,她就水水地摩挲着你的脸颊。并没有多少人愿意在春天的微雨中走进这一片枫林,我因此可以放纵对枫的亲昵。薄翠笼在枫身上,微雨恰到好处地梳洗着,淡淡的烟霭撩拨着每一棵枫的神经。

在这里，枫很孤绝，拒绝所有别的树进入。低矮的灌木，温顺地匍匐着；朴实的野花，悄无声息地开着；各样的草，低眉敛首地长着。一些不知名的花儿，蹑手蹑脚地把蕊藏在别的草叶下，整个花期都不敢招摇，生怕不小心弄出的声响打碎了宁静，而被枫驱逐出去。只有石蒜花，大胆地盛开在枫林中，红艳欲滴，硕大的花瓣，微微卷曲，像伸出的手，试图抓住什么。后来偶然得知，她还有一个名字叫"彼岸花"，静谧的春日里，她和枫一起酝酿着对彼岸的幻想。枫是知道的，所以将她轻轻揽入怀中，一任她恣意地怒放心事。

到秋，枫开始雀跃。渐红的叶，是无数狐魅的眼，闪烁在秋的深处。秋的意兴被挑起，燃烧，成了共同的心愿，成了一场盛大的演出。山野是舞台，远山是背景，天空是大幕，鸟鸣是音响。草和野花们终于可以挺挺腰身了，无所顾忌地伸长脖子仰望。枫，悄悄在林间铺开一段段红绸，或黄绸，含羞捂住了它们东张西望的眼睛。只有彼岸花，不知何时跌落在来路上，没有到达她日思夜想的秋的现场。

秋的阳光，穿过枫，我听到了燃烧的声音，轻轻的耳语，隐藏的深情。枫细碎的狐步，踢踏作响，从空中旋转而下，热烈地泊在秋的中央。天空，是十全十美的蓝；远山，是十全十美的俊朗；枫，在十全十美地绽放狂热的爱恋。柔情如红霞，汹涌在枫的心头；激情似烈焰，跃动在枫的舞步里。我用眼神与她共舞，我隐约看到了她轻舞里的疲惫、凋零中的痛彻心扉、告别前的孤注一掷。

在尽头，枫接受了秋最后一次瞩目。卸下盛装，枫沉静地躺下，在山野，把自己躺成一条红河，一条无法再澎湃的憔悴的红河。

所有事物都静默了，也许是被这一截如火如荼的时光迷醉了，也许是被这样使性的枫的舞蹈迷醉了。一切都将结束，剩下的就是收藏了。是应该收藏一个真正的秋天的，一个有枫的秋天。就像收藏一道今生再也无缘重逢的目光，一个永远不会转过身来的温暖背影。

山城老时光

时光永远都在,流逝的是我们。这样的话像谶语,无声无息地咬噬、弥漫、穿越庸常。

剥落的墙,瓦楞上的草,熏黑的房柱,废弃的石磨,爬墙的青苔,不停的流水,是时光吗?

在楼坪、禾溪、咸村、浦源,有许多时光隐藏着。层叠的魆黑的檐瓦,寂寞的铜门环,幽深的小巷,小脚的老太婆……村庄的时光安宁、微凉,如果可以吃,也许会是甘草的味道。

瓦,是村庄上空最配得上流云的饰物。天井里的天,是瓦的杰作。错落的瓦,让云远天高。老人们依墙,蓝的衣,红的鞋,白的发,黄的墙,慈的笑,每一个小脚老太，都似我的祖母。只是我的祖母已被时光带走。

一座座老房子，拥挤着一堆堆老时光。

狗在门口吠，不喜欢陌生的吵扰，阿婆抚着它，叮嘱，安慰，狗静了。我们挟着灰尘挤进老屋，说着一些自以为是的话，做着一些自以为是的事。阿婆端坐，任由拍照，间或悠然答话，有人叹：阿婆见过世面。不知世面为何物，大凡见过世面总比没见过世面好。天井里，阳光扑打着我们踏起的灰尘，也许世面仅是灰尘而已。灰尘尽落，我们散去，老屋终于安然。老屋要是会说话，定会嫌弃我们的闯入。

河流在村庄流动，时光在水中起伏。水真是尤物，有水的地方就有故事。有了故事，源远流长就成为可能。那条叫鲤鱼的溪，流了八百多年，让鱼成了鱼人，到了岸上，有了坟墓，成了传说。有冢的鱼，埋在土中。没冢的鱼，化在水中。鱼愿意有冢吗？

禾溪的溪，自在流。禾溪的鱼，自在游。鱼，以水为冢，当是死得其所。禾溪的老屋更老，晦暗，阴翳，人烟杳杳，有点蹒跚，它们趔趄着沿山坡而上，流光沉沉，老屋已无气力，喘着气，趴在半山腰。野草莓不谙世事，拎着红果，爬上老墙，那点点红，是黯然中唯一的亮色。时光虽在，却也老了，只是老得比我们慢一点而已。

暮春的风，在溪上吹吹停停，鱼在悠游，水波轻泛，草和扶桑在水旁轻轻地绿。"三仙"廊桥经年站在禾溪的水上，像一位苍老的神在默想。

桥下逝水川流不息。神目光灼灼，却视而不见。瓦残，墙倾，老桥不言不语，还名"三仙"。不知"三仙"名由，有一桥可遮风可避雨，可通达此岸和彼岸，那这桥就是仙道，过往之人就是仙人，所到之处就是仙境。无端做此揣想的时候，又有一个季节将尽。

突然有些绝望，水一样漫上心头。

东冲颜色

和东冲初次相遇,是个阴霾之天。灰的路,灰的天,灰的海,灰的远山连绵地站在海里。一时恍惚,在东冲海口汹涌的,是波浪还是群山?沉沉的灰,逐风而来,凝重斑驳,有着青铜的质地,或者,东冲就是一块青铜,被历史遗落在海口,破碎、耻辱、繁华、沉寂,这样的字眼和它都有关系。灰霾中,一些往事,一些山河旧梦,会在急风中漫卷,而后怆然停在村中的一块巨石上,或海口的一方石崖前。

破碎,让我想起一个路过这里的人,一个路过这里时王朝已气若游丝的人,他就是文天祥。1276年的春天,元军大兵压境,南宋王朝岌岌可危。文天祥临危受命，出使元营谈判。他拒不降元，抗元被俘后，元军统帅伯颜以宋皇已降为由胁迫他就范，文天祥在敌营里慷慨怒斥："君降，臣不降！"只是，一个人的忠诚，怎敌得过万千人的懦弱和背叛？被押镇江，文天祥伺机出逃，历尽艰难，一路向南，追随从海路入闽的宋少帝。追至东冲口时，也许也是这样阴霾的天气，风卷残云，四顾茫茫，惊涛骇浪，穿云裂岸。破碎了，山河破碎，心灵破碎，还有什么样的破碎比这样的破碎更不堪？长歌当哭，文天祥内心的悲愤在《长溪道中和张自山韵》里奔涌流泻。"夜静吴歌咽，春深蜀血流。向来苏武节，今日子长游。海角云为岸，江心石作洲。丈夫竟何事，底用泣神州。"都说东冲口急流涌荡，其中有一股急流定是英雄偾张的血脉，在日日激荡。村庄和村庄上的人们似被赋予了底气和骨骼，此后无论狼烟四起、繁华喧嚣还是没落沉寂，都可以从容面对。

"国货救国"，就是这个底气和骨骼最好的注脚。在东冲口虎头冈断崖上，这四个字镌着耻辱、悲怆、巨痛和血性。一百多年了，流光沧桑了海石，却无法沧桑记忆。光绪二十五年（1899年）五月，清政府在三都澳设立福海关，东冲设常税总关，管理闽东各处常关。从此，东冲口成了耻辱入侵的海口，英、法、日等国的舰船经此长驱直入，外国人开办的钱庄、商行、货铺遍布三都澳。国势倾颓，洋货充斥，有谁能够挽救衰微的祖国于既倒？东冲，再一次目睹了一个王朝的败落，和一个赤子的壮怀激烈。吴仰贤，东冲海关帮办，是海关职员中唯一的中国人。无数次，他徘徊在村中"雄镇海疆"的柱石前，心起狂澜，爱恨交加。字犹健，可国已破。无数次，他伫立断崖之上，怅望海口，侵略者满载货物的舰船，在狰狞地游弋，他心头的怒血比波涛更汹涌……没有闯阵的戈矛，没有降敌的炮火，只有一腔碧血了。吴仰贤愤而辞职，离开之前，在虎头冈断崖上，一笔一画錾下"国货救国"四个大字，一个卑微的赤子，在东冲口留下了铿锵之声。

今天的东冲，已不是"东冲镇"，虽然镇碑还赫然立在村前。它只是一个小渔村，默默地站在海角，听凭潮起潮落，惯看春去秋来，但历史并没有泥牛入海，侵华日军炮轰东冲的弹痕犹在，山冈上还长眠着东冲海战时牺牲的海军战士……长风猎猎，海天空蒙，猛雨在飘飞，笼罩在村庄和海口之上的，是辽阔的灰，是磅礴的灰，也许这就是东冲的颜色。今天的人们已经不常提起，甚至淡忘了这种颜色，可是这样一种颜色怎么可以被忘记呢？

蝴蝶飞过

苍南之南,有日月潭花谷。一年四季种有各种鲜花。夏天盛开的是醉蝶花。醉蝶花丛里,蝴蝶蹁跹,有些蝴蝶确实迷醉了,一头撞向蜘蛛网,挣扎着,侥幸逃脱的,又飞向花。有的拼了命也逃不掉,死在花旁。

小火车鸣着笛,在花丛里开过,笛声粗糙,扰飞许多蝴蝶。铁轨上,人们来回走着,说笑着,像是到了远方。

有些蝴蝶,飞不过花海。有些蝴蝶,却可飞过高山峡谷大海。

浙南峡谷里,也有小白蝶在飞,小小的翅膀之下,是群山。群山匍匐的时候,也像一只只巨大的蝴蝶翅膀。而峡谷，似蝴蝶之脊。蝴蝶脊里，有溪流蜿蜒。此处，地表之上的流动，是冰冷的涧水。地表之下的涌动，是温热的氡泉。蝴蝶翅一样的群山，焐热了黑暗中的水。

无法想象，蝴蝶怎样飞过峡谷、大海。白色的蝴蝶，成千上万只迁飞时，天空中蝶如雪飞。

它们的飞，不是为了远方，是逃。逃避天敌，逃避寒冷，逃避死亡。

著名的帝王蝶，春天从墨西哥飞到美国，再飞到加拿大。夏末，为了逃开即将到来的寒冬，又从加拿大飞回墨西哥。只不过，飞回墨西哥的，已不是当初出发的那些蝴蝶，而是第四代了。一轮一轮，蝴蝶们迭代迁徙，生生死死，前赴后继。

蝴蝶飞过，有时是穷途末路，有时是星月坦途。

浙南的崇山峻岭，苍翠湿润。涧水、溪流劈出千山万壑。水上廊桥，连接了山山水水、人情世故。远眺廊桥覆水上，似浮蝶。据说，蝴蝶身上的花纹极其对称，左右纹路分毫不差，故极美。廊桥凌波屹立，对称之构，是力量，是牢固的支撑，是不偏不倚的承担，也是蝴蝶的花纹。

泰顺泗溪，溪东与北涧皆有廊桥卧波，并称姐妹桥。立桥下，仰古桥之姿，分明一只蝴蝶。蝶飞两岸，勾连久远。

桥畔陈姓人家，细说从前，居然有乡音起。言及年少时，在霞浦江边一村落，做客姑姑家，一个多月就学会了霞浦话。虽然此后各种缘由，再未去过，但三十多年后，说来依旧地道。

忽然之间，有一只蝴蝶飞过时间。

蝴蝶，只是昆虫，但它似乎又不是纯粹的昆虫，是昆虫里的猫，附了一点灵魂，只可远观不可亵玩。不想太靠近，否则会被迷惑。每个斑斓的花纹，都是一只冷眼。

最自由的蝴蝶是庄周梦到的那只，一直飞在世人梦中。最恩爱的一对，从坟墓里飞出来，大名梁山伯与祝英台。

还有一种中药，也以"蝴蝶"名，曰木蝴蝶。关于它的传说是，东村李姓药师有纤纤闺女唤蝴蝶，西村有勇猛后生叫张木，彼此爱而不能聚，只好逃，却逃不脱，被活活烧死。烈火中飞出许多透明的蝴蝶状飞絮，飞进皂荚内，那就是张木和李蝴蝶的化身。泡开的木蝴蝶,恍若真的蝴蝶停在水中。其药性清肺理气开音,主治无法发声之疾,别名蝴蝶故纸。万千事,说不出,空余一堆故纸了。

又是蝴蝶,而不是蜻蜓或别的昆虫。难道是因为它,真的有一点灵魂,遂了人的心意?

风从海上来

平潭岛是被风迫的地方。

平潭岛的风,劲爆。风从太平洋西部长驱直入,直扑岛屿,威风凛凛说的大概就是平潭岛的风。一年里,风一吹,就是二百多天,还都是七级以上。岛在海中,也在风中。风是岛的叹息,也是岛的传奇。

"碗礁一号"沉船就是风中的叹息与传奇。平潭岛所在的海坛海峡,是一条"风管",也是古代海上丝绸之路的重要海道。三百多年前,一艘船,一群水手,四万多件产自景德镇的外销瓷器,没有到达预期的港口,在巨大的风浪中,沉没在碗礁附近。那时的风是悲剧。

三百多年后，沉船地成了宝地，被风浪洗劫的瓷器成了宝物。这块海域，因全国沿海沉船遗址分布最密集、种类最多、年代序列最完整而成为大陆沿海首个国家级水下遗址重点文物保护单位。风里有了陈年的惊喜，闪着冰冷的水光，许多沉船依然像谜一样躺在风浪之下、海底深处。

在风中，悲与喜，都是风口。只是你不知，会站在哪个风口上。

初冬傍晚的北部生态廊道，起风了，大海迷蒙，风车在海里转，风追着人在海边转。如果没有风，岛就是扔在海里的巨石。没有离开，也无所谓有抵达。没有伤痕，也不会有光芒。

南岛语族的先人御风而行，是风，成就了他们的迁徙，是风中之路让他们看见了大海和星辰。是风，把出发于平潭岛的古老口音，播撒到辽阔的南太平洋和印度洋众多岛屿上。

六千多年前，他们远行，驾舟出海，驾的是独木舟，行的是波涛路。风浪无数次淹没过他们，也无数次成全过他们。他们借着风势、洋流变化与星星导航，往中国台湾，往菲律宾，往广袤的太平洋和印度洋。在风中，登上了一座又一座岛屿，形成了现在世界上最庞大的分布于南太平洋及印度洋岛屿的南岛语族族群。

六千多年后，他们归来。2010年7月，六名南岛语族族群后人登上独木舟，重行波涛路。从南太平洋的大溪地启程，迎风逆旅，沿着祖先从中国东南沿海迁徙到太平洋岛屿的路线，历时四个月，远航1.6万海里，重返平潭。一如从前，星星导航，随波逐浪。海风巨浪一路伴行"寻根之旅"，出发时的岛屿，是回家时挂在港口的灯光，一路照耀他们归来。

星星还是六千多年前的星星，但风中归来的，已不是从前的样子。万里归途，风餐海宿，似乎只为了刻在骨血里的乡愁。

乡愁有形状吗？如果有，大概就是风的样子，绵延不息，无处不在，却又是抓不住的空茫。在平潭岛，乡愁更是风的样子，巨大，不可抗拒。时时相拥又时时离去，把握不住如水随天去。在猴研岛，乡愁长度六十八海里，是一张寄往台湾岛的邮票，贴在海的彼岸。

我们一群"采风"人，大部分来自岛上，从各自的岛屿来到平潭岛采风，像走亲戚。海南岛，厦门岛，台湾岛，西洋岛，或赫赫有名，或小如弹丸。岛与岛之间，似乎也有乡愁，每个岛都是孤独的存在，但因为大海，岛屿又紧紧相连。平潭岛似乎也成了大家的乡愁，来了又来，看了又看……

谁又会是谁的乡愁呢？

想起"碗礁一号"沉船上的瓷器，它们从陆地到海底，风暴中死去，又从海底回到陆地，高光复活，被赋予意义，被深深赞美，成为"风物"。出海的瓷器，是泥土的轮回，漫长的轮回，但至少轮回了，那些沉没在风中的人，再无音迹，他们已经没有乡愁，大海的收留，就是最后的乡愁吧。

风中有叹息：风太大。

风中也有惊奇：风大又怎样？

阳朔的雨　池上的云

六年前,一个人从南宁到桂林,从桂林到阳朔。

一个人骑着单车去遇龙河,一个人租一个竹排漂,有人想搭伙漂,坚决不同意。万一人家有贼心呢?但防东防西,却没防住一场雨。

第二天因为要赶下午的飞机,起了早,天阴沉,似乎又要进入夜。吃早餐时,下起雨,越下越大,早餐店门口的小巷,瞬间灌满水,不多时,水没到了店口,大街小巷都成河。

一直下,一直下,半个小时会停吧,一个小时会停吧,居然不停。错过了预购的班次,如果再错过中午的班次,那就会错过后头的动车、飞机,错过所有的行程。

蹚水走吧。

早餐店的阿姨拦住了,这么大的雨,出不去的,会被水流卷走的。

雨一直下,一直下。

终于小了一点,巷子里的水退了一些。蹚水去车站。还好,县城不大。到了车站,雨又倒下来。

离开时,我以为,再也不会来这里了,山不高水却远雨还大。后来才知道,那天,全中国最大的雨下在了阳朔。

六年后,居然又来了。同样是初夏,同样又是雨。不同的是,身边多了几个友人。

当时斩钉截铁的"我以为",被另一场雨篡改了。

时间里,很多的"我以为",不过是"我以为"。有多少不知道的雨,下在相同的地方或别处。比如阳朔,一场雨,好像下了六年。

没觉得蒋勋先生已经七十岁了,台湾的妹妹也喜欢他,妹妹的朋友阿月是马来西亚人,她说在马来西亚听过蒋勋先生的讲演,他白衣飘飘,很迷人。

是的，迷人。

这个词，被讽为肤浅时多，但用它形容一个灵魂时，该是温暖的。有时温暖比深刻重要。

和妹妹一起自驾池上。我们都喜欢先生的声音，听他说《红楼梦》，有时候听着听着就睡着了。睡着了，是对先生的不敬吗？也许是，又觉不是。这世上，能让人安然入睡的声音太少，有一个声音能让你进入梦乡，那声音就是恩赐。

在台南诚品书店，看到先生新书《池上日记》。大哥说，大陆以后也会有的，不用千里迢迢背回去。不听，买下。如果喜欢要等待，要么不喜欢，要么不等待。

雨中，到池上。住的民宿就在池上著名的稻田旁。

池上在花东纵谷，中央山脉、海岸山脉把池上围成一个摇篮，云成了摇篮里的孩子。摇呀摇，云一会儿是活泼的孩子，从中央山脉坐着山脊滑梯一路滑到田野里，随手可抓；一会儿，又成了羞涩少女，在海岸山脉间静立。

回来看《池上日记》，发现先生也喜欢池上的云。活泼，淘气，忧伤，迷幻。

蒋勋先生在池上驻村一年半。刚到村里，入夜，先生想吃点啥,四周已是黑灯瞎火,啥也吃不着。清晨醒来,打开门,发现门口摞着刚从地里采摘的青菜,菜叶上还挂着露珠,不知是哪个邻居送的,那个惊喜,似云翻了个跟斗。东家长西家短地串门,日光从树间漏下来,斑驳地打在刷着绿漆的窗户上。夜晚风大,风从木窗框灌进来,就有"轰轰"的声音,那是儿时亲切的声音,又在记忆中失踪的声音。

早起和村民一起巡田,看稻子扬花、抽穗,看自然里自然的一切,发现在池上耕地种田的人,才是最艺术的人。耕种的人悉心爱护着田地,这里出产台湾最好的大米——池上大米。他们把种田心得植在自己的稻田边。"池上米是极品,每天巡田要用心。黄黄的叶子最好,太绿容易得病,品质就不好。""女人种稻不会比男子差,因为女人心细。"

池上辽阔的稻田里没有一根电线杆,田野是古早的样子,云朵是从前飘过来的,夜里,有星星坐在窗口,如故人。先生时常远眺池上的云窝、纵谷的云瀑,"满天星辰,明亮硕大,我看到暗夜里长云的流转,千万种缠绵,千万种幻灭"。

确实迷人,云和云边的人。

细节里的台湾

是春天的时候去的台湾。喜欢外婆的台北，旧旧的街景，静静的人来人往，并不宽阔的马路，并不高耸簇新的建筑，是安宁、熟悉的样子。

喜欢极了外婆家楼下的黄昏市场。每天下午四点开始封街，禁止车辆通行，四点前还是车水马龙的大街，眨眼之间就成了一个菜市场。鸡鸭鱼肉、新鲜蔬菜、时令水果齐登场，人头攒动，买的，卖的，吃喝的。我惊讶的是，那样的卖法："莲雾一盆二十元""青菜一捆十元""马铃薯一堆十五元"，没有了"斤斤计较"，一时间菜市便是人间美景。晚八点，商贩准时收摊，清洁工人进场，清走所有垃圾，街复原貌。夜渐深，回家的人们依次把车停在街边，这条街就成了停车场。早八点，所有车准点悄然开走，沿街店铺相继开张，车水马龙的世界又回来了。这并不是一条宽阔的街巷，但一天中身份的有序变化，让我心生敬意。

西门町，曾是老台北最繁华的街区。上午的时光，街上行人并不多，甚而有点寂静，在街巷中溜达，突然就撞见一家青草药店，各种新鲜的药草撂在木柜里，像撞见了一座山，山野的气息，从前的时光，扑面而来。在台北与一家青草药店相遇，出乎我之前任何一种想象。

坐在公交车上，有些站名会勾起乡愁。"云乡里"就很特别。故乡在那一方，像住在云里一样遥远，无法抵达。有一首诗贴在车窗上沿，是陈文华的《淡江大学观海楼夜眺》，见过在车里张贴各种广告的，没见过贴诗的。"风露弥天孤鹤唳／沉酣一梦万家眠／纷然灯火原归寂／如此江山却要怜……"这是"台北文学季"活动，台北市文化局制作的。一首诗让我对台北的喜欢更多了。

在台北往淡水的捷运上，再一次看到了诗意的提醒："捷运内不饮食、不嚼口香糖，也不吸烟，请记住这些'说不'后依然美丽的字眼!"是著名词人方文山说的。一个多小时的行程,十多个站点,上车下车的人不计其数,没有人吸烟,没有人大声说话,一个小伙子,拎着一碗汤面,匆忙上班的样子,可就是没在车上吃,居然也没有手机响起的铃声……那么安静,窗外山水呼然而过,沉醉感漫上心头。

多雨的基隆,以一场豪雨迎接我们。来之前外婆就叮嘱,庙口小吃是无论如何不能错过的。一下火车,就直奔庙口。庙口之遇,像遇到一段童年的时光。在这里升腾的是美食的味道,更是家的味道。

庙口广场前的吴记鼎边趖,也就是锅边糊,吃着吃着就会想起祖母的手艺,小时候祖母的锅边糊是绝对的美食。店里一切都是家常摆设,普通的锅碗瓢盆,寻常的木质桌椅,老板娘就着锅沿倒米浆,锅里热气腾腾。而店外,奠济宫里的香火在雨中缭绕,人间烟火,庙中香火,相生相伴,安然祥和。庙口小吃,也是因此宫庙得名的。

三百多家小摊点在庙口窄街上摆开,每个摊点也就三五平方米的地盘,客满也就七八个人吧。稍大一点的可以摆下一条长形桌,摆不下的,就着锅沿吃,也挺难得。点上一碗豆签羹，我们就坐在锅沿旁半尺见方的地吃开了，边吃边看摊主飞快地配料、下面、装碗，很是赏心悦目。没地坐的，在摊边悄悄地排着队，一点也不着急。人多的时候，队伍会一直排到大街上。

肉羹、蚵仔煎、卤肉饭、虾仁羹、泡泡冰、奶油螃蟹、红糟鳗羹、香烤鸡肉、水果冰品，各种小吃都是家常的食料，但口味地道，因此口碑远播，名闻全台湾。妹妹说红糟鳗羹是她小时候的最爱，那时才七十多元（新台币，下同），现在也涨到一百多元了，但实在是好吃，经常要排长长的队才吃得到。其实炸红糟鳗羹也是母亲的拿手菜，从前只有过年的时候母亲才露一手的，没想到在这里遇见了。

这样的光景，在庙口，已延续了数十年，有的已是百年老店。时光在走，虽然世界早已瞬息万变，但这个巷子，美食的味道依旧停留在街口。

一路向南。地势逐渐开阔，早春的台南田地里，已插上秧苗，绿油油的，偶有农屋点缀其间，似曾相识。在堂哥家，看夕阳映照着远处的江水与田野，波光碎影，入眼迷离。堂哥笑言那不是江，那是台湾海峡。这个无比熟悉的称呼，初次晤真容，竟以"江"的形式靠近。

在高雄,我们租旅游公司的车前往垦丁一日游。陈姓大哥司机兼导游,上车前,把一天的景点行程和我们做了详细的介绍。一路上话不多也不少,该说时说,该停时就停下让我们下车看风景。回程时,到关山看日落,他给我们每人端来一杯香浓的咖啡,我们很是不好意思,要掏钱给他,他说这是行程中本来就有安排的,一边赏日落,一边品咖啡,很美的。钱你们已经给我啦。其实,陈大哥要是不说,我们断然不知这里还有一杯咖啡的。

夜色中回到高雄,顺口和陈大哥一说:明天想去佛光山,大哥自己家里不是有车吗,那我们就坐你家的车去,也按旅游公司的费用给你好啦。他很谦恭地回应了一句,让我顿感羞愧。"公司是让我来服务客人的,不是让我来抢客人的。"

这个春天,我没有看到阿里山的灿烂樱花、太鲁阁的险峻奇美、日月潭的湖光山色,也没有看到东海岸的迷人风光。但这个春天的台湾,依然让我看见了许多美好,亲切,温暖,明亮。

半月里往事

半月里,一个适宜歇脚的地方,从前是,现在依然。可以歇脚,定是自在处。因其自在,三百多年前,成了雷氏一族的歇脚点。虽隐山间,却离海很近,海风穿山越岭,在村庄的血脉中注入了不安分的因子,让它的过往有了汹涌的情节。

古戏台、铜纽扣、绣花的男人、锈蚀的锁、残缺的花窗、将倾未倾的青砖门楼,民间博物馆里收藏的三四百件老物什,都是久远的密码,记录着这个闽东现存畲族文物最多的村庄,风生水起或尘埃落定的一切。

我钟情于那几粒铜纽扣。缀在藏蓝的衣襟上,挂在灰黄的墙角,是百多年前或更早以前的旧物,当簇新的事物越来越多时，旧物就有了光芒与温度，就是永逝的时光中最逼人的亲切。传统的畲族女装是斜襟盘扣的，但这件缀着铜纽扣的女服却是对襟的裙式长褂，小小的铜纽扣上装饰的竟是英女王像，清晰嵌着英文"Queen Victoria"字样。像一道亮光，它拨开了村庄遥远的从前。

在半月里三百多年的岁月中，雷志茂是一个承前启后的关键人物。他从小喜文学武好地理，曾在福州学习地理术三年。在霞浦山村和省城福州来来回回之间，他的眼界越过了山，越过了海。乾隆三十八年（1773年），雷志茂把福州一位姓李的汉族女子迎娶回半月里，这位知书达理的女子，为半月里的青山秀水注入了不一样的色彩。夫妻俩夫唱妇随，雷志茂在教授子孙学文习武的同时，鼓励他们出外经商做生意，崇文尚武重商之风在村庄日渐浓厚并绵延不绝。

塘埕里，东吾洋畔一个小码头，离半月里仅五十里地，见证了半月里人的每一次启程与归航，往福州，往台湾，往更远的地方。大米、茶叶和土特产品，在这里一批一批运走；布匹、瓷器和金银饰物，在这里源源不断上岸。那件别致的畲服，也许就裁自其中某一匹布料；精致的铜纽扣，也许就是在某一次归来中被主人特意捎回的。一次次的漂洋过海，是一次次的交流融合，就在这样的"一次次"中，半月里有了英武之风，有了倜傥之气。

道光三年（1823年），雷志茂的后世孙雷世儒考中武秀才，此后六十二年间，小小村庄百多人口，办了三所私塾，出了五个文武秀才，在当时福宁府畲村中极为罕见。秀才每日练功的石墩子还立在今天的老院子里，如今没有几人能随意搬动它。秀才吟诵的《春秋》《左传》手抄本，还珍藏在后人的柜子中，封面赫然有诗云："三更灯火五更鸡，正是男儿读书时。"婉转的《诗经》在泛黄的纸上流淌，虫眼遍布，诗虽残缺，但古老的诗情依旧蜿蜒在村庄早春绽放的桃红李白上。村庄会在三月的第三个日子里放歌，岁岁如此，代代相延，想象中，这当是半月里最妖娆的时光。

对于男人绣花，初始我是不屑的。但用七天工夫绣好的畲服斜襟花饰呈现眼前时，方觉男人要有颗玲珑心，未尝不好。他们的玲珑之心在五彩丝线的牵引下，化作了美丽的孔雀花、奔跑的小鹿、飞翔的仙鹤，化作了粗糙的世俗中难得一见的细腻情怀。黄昏时分，雷向佺荷锄归来，他从房中取出绣了一半的衣领，说话间就飞针走线，黝黑的手指，凸起的指关节，鲜艳的丝线，绵密的针脚，靠在墙角的锄头畚箕，摞在大厅的南瓜土豆，游走在天井中渐渐黯淡的日光，这一切，是半月里的精致，也是半月里的忧伤。这样的活色生香已愈来愈难以遇见，村中能够制作传统畲族服饰的裁缝师傅只有两人了。做衣服、绣花这些最"女人"的活计，在畲族的传统中，也是"传男不传女"的。只是男人绣花，亦有用武之地，所以，才会有某个师傅，花费两个月的时间，在某个女子的围裙上绣上四十八个耍刀弄棒的武将。小小绣花针，在他眼里，莫非也如刀枪棍棒？

我向往半月里的从前，就像向往故乡深处的味道。可惜这样的味道，在半月里已越来越淡薄。唯有古戏台，似还留有依稀往梦。戏台坐落于龙溪宫内，龙溪宫建于清雍正八年（1730年），宫内供奉妈祖。山民信仰海上平安女神，也是这个僻静的畲村夺人耳目的地方，另一方面也印证了雷氏先人海上经营贸易的频繁和与汉民族交流融合的深度。戏台两侧的包厢是大户人家的专席，有专门的楼梯通行。其实半月里就是一个大戏台，康熙二十二年（1683年），雷文寿辗转迁徙至此地时，他演的是独角戏,之后三百多年,他的子子孙孙合力演绎了一个村庄的多幕剧,其间起伏的剧情,有些永逝,有些永传。

神在人间

去西洋宫,走了一段十几年没走过的路,山路弯弯,零星车行。从前,这段路是通往省城的必经之路,后"必经之路"被高速公路和高速铁路取代,曾经的马不停蹄,让路给门前冷落。都说,走的人多了,就成了路。其实走的人少了,更是路。历过繁华喧闹,归于平静荒凉之后,路便有了另一种气质,沉静之至。像一个人的修行,它不通向人声鼎沸,只通向无声无息。西洋宫里供着神,神在人间的时候,大概就是走在这样路上的人。

对西洋宫不甚了解,只觉"西洋"这个地名,很亲切,因自己生在"西洋岛"。以为有"洋"的地方,都在海里，但遇见好几个"西洋"在群山之中，或者，能够一望无际广阔无边，眼神都无法抵达的"三无"之处，皆可谓之"洋"。

这个"西洋"，在罗源县飞竹乡，在高高的山岗上。西洋宫，供着三尊神：陈靖姑、林九娘和李三娘。在她们还是人的时候，是结拜三姐妹，成神之后，被尊为妇幼保护神。

罗源西洋宫与古田县临水宫、福州下渡陈靖姑故居皆为陈靖姑文化发祥地。据《罗源县志》记载，罗源西洋宫建于唐贞元六年（790年），原为林九娘泣奠师姐陈靖姑所设灵牌及悲痛身亡之遗址，为纪念林九娘所建，比古田临水宫早建十二年，是全国最早供奉女神陈靖姑的宫庙之一。

神在人间，是最好的那个人吧，好到尽头，成神。

在罗源、古田、福州，十里八乡都流传着许多陈靖姑和姐妹们"好"的故事。她们除暴安良、扶危济困、救婴护妇、恩泽苍生，以女性特有的慈悲与坚忍，让人间苦有所缓，让人世悲有所释。

陈靖姑二十四年的人生中，因其夫为罗源巡检，她有六年时光是在罗源度过的。二十四与六都很短，但她的好，世人却记了百年千年。遥远的古代，在医疗不发达、人偏地远的乡间，她的每一个义举，都是赐福于弱者与百姓。

传说陈靖姑从小就学医，她特别善于听。听自然万物的声音，听村里村外孩童的哭声，听病者的呻吟声，听每一点细微的差别，然后细心问询，对症施救。她那颗至好之心，听出了许多人间不幸，也治好了许多人间不幸。

其实，神在人间，也是最苦的那个人，是独自走在沉静之路上的人。苦到尽头，成神。

唐贞元七年（791年），福州大旱。陈靖姑身怀六甲，施法为民祈雨。天降大雨，陈靖姑却力竭不支，她身殉产厄时说："吾死后不救人产难，不神也。"与人善、与人仁、与人好，独与己痛、与己难、与己苦，是为神。如林九娘、李三娘。

与陈靖姑一样有着医者仁心的谊姐妹林九娘，听闻师姐身故，设灵位祭奠，不久因悲伤过度随姐而去。也是苦，至苦。

林九娘，原名林淑靖，唐大历四年（769年）九月初九日出生于罗源县飞竹村，故又叫"飞竹奶"。林九娘自小就熟习周易、卦理，兼习武艺，平时为当地民众看病、接生、除恶僧、剿老鸹、斩妖魔，直至付出生命的代价，乡人感念其德，立祠祀之，与陈靖姑、李三娘一起被尊为"护胎佑产三女神"。

在乡下，有许多神的传说，且女神居多。临水夫人陈靖姑、妈祖娘娘、太姥娘娘，都曾是人间人，后来都成为天上神，成为长久以来民间的一种护佑与慰藉。不论为人，为神，她们都充满着温情的母性力量。有时也纳闷，为什么女神那么多？是因为生而为人时，她们更多体会了尘世之苦吗？也惊奇，很多词"神""鬼"是一起的：神出鬼没，神差鬼使，神不知鬼不觉，还有惊天地泣鬼神。原来，神指天神，鬼为人神，即地上神，这一说，鬼也没啥好怕的。都是神，无非他们走的路不一样罢了，或通天，或入地。

神在人间，是祖母初一十五的祈愿，是母亲日日清晨的素食，是日复一日的柴米油盐灶膛炉火，是年复一年的五谷丰登风调雨顺。神在人间路上疾走，一走就是千年。神，在高高的天上，神，也在低低的尘埃里。

茶来茶去

01　酽酽西坪

到西坪，是个意外。

盘山路绕来绕去，满眼是静，是浓绿。骤雨过后，山脊上偶有云烟过，零星的，可以看见村民的房屋在山坡上立着。高的山，低的山，茶园漫野。至西坪，天开了，阳光稍稍露了一点，茶芽上就有了一层绒绒的亮光，淡淡的黄，似有浅香。

对茶树，有天然的亲近。这世上，树有万千，人有万千，像茶树一样朴素而贵重的树大概不多。能世代与茶相伴，以茶为生的人定也不多。西坪与铁观音是万千中那不多的一些，所以就会有些意味。

像一条河流，对源头的追溯和探寻是不可避免的。说到铁观音，总要说到西坪。因为它是源头上最初的那一滴水。这一滴水，关乎两个传说，有两种色彩，一个很官方，一个很民间。官方的，无非是皇帝亲赐，得名远播，安静的水滴，便有了喧哗之声，从此滔滔不绝。相比之下，更倾心民间版的。相传，清雍正年间，安溪西坪茶农魏荫勤于种茶，又制得一手好茶。他每日晨昏泡茶三杯供奉观音菩萨，从不间断。一夜，魏荫梦见观音现身屋后山崖，正要跪拜之际，发现石缝中有一株茶树，枝壮叶茂，异于常茶。翌晨，魏荫寻至崖边，果然见到梦中之茶树，遂移植至家中一口铁鼎里，悉心培育，适时采制，茶香奇醇，视为家珍，密藏罐中。每逢贵客临门，冲泡品评，凡饮过此茶的人，均赞不绝口。因是观音托梦所获，又植于铁鼎，成茶色沉如铁，得名"铁观音"。

魏荫一梦，中国多了一道名茶。西坪山水间，多了许多茶事，或浓或清，或远或近，缭绕不绝。

据说，在铁观音的鲜叶中，芳香物质种类颇多，科研人员从中检出九十七种香气成分，其中十余种为安溪铁观音特有。一叶藏百香，莫非也是神赐？可西坪人说，铁观音的香，是他们"摇"出来的。如果没"摇"好，那些香，会迷失。在魏荫第九代孙魏月德家传的制茶秘方中，就有"一摇均、二摇水、三摇香、四摇韵"之说。

这个"摇"，很契合我对茶的所有想法，天然，朴素，暗香浮动。在最合适的日子里，从枝头，到茶人的屋檐下，到品茗者的齿颊之间，摇啊摇，一切都缓慢，安静，从容。只是不知，旧时的茶，那些经茶人辛苦拿捏、摇出来的香，是否也像如今的一样昂贵，一直以为，茶的本质是平民的，如果贵到拒人千里之外，那它似乎已不是茶了。

铁观音留香西坪，西坪人让它的香气奔涌到四面八方。1636年，西坪人发明茶树整枝压条育苗技术，开创了茶树无性繁殖的先例，之后随着大量茶农移民台湾传到宝岛。1936年，西坪人将茶树长穗扦插改为短穗扦插，至今仍是世界上最先进的茶树繁殖技术。这些技术从西坪走向全国，也走向印度、斯里兰卡、日本、肯尼亚、坦桑尼亚等世界主要产茶国。铁观音，也在先进繁殖技术的带动下，芳名远播，四海飘香。

清嘉庆初年，西坪人林燕愈迁往武夷山，在武夷山三十六峰九十九岩中开荒种茶，开辟了十八座茶园，把家乡的优质茶种带到武夷山中。还是西坪人王义程，清嘉庆三年（1798年），在台湾将乌龙茶技术加以改进，创制出台湾包种茶，大力倡导乡民种植，四处传授制作技术。有意思的是，安溪历史上第一个铁观音茶王——西坪茶商王西，是在台湾产生的。1916年，王西在家乡制作、由台湾"天馨"茶行经销的"万寿桃"牌铁观音，在台湾茶叶评选中获得金牌。

自魏荫始，铁观音的芳香之旅已行进了两百多年，似无尽头。初秋的茶园，没有新生的丰美和热气腾腾，偶有茶农在园中劳作，那些茶树，在渐暗的天色中，静默得像讷言的乡下大叔。

每到一处，总有人热情地泡上一壶铁观音，不太会喝茶，更谈不上品茶。善品茶的人，喝着喝着，就会品出很多道道来。而我无从品，像不会言语的老茶树。以为无论什么，喝了舒服，就是上品吧。

西坪的茶，我尤记得那些摇出来的香。

02 翠郊，是一株茶

最初吸引我的，并不是村中名闻遐迩的古民居，而是"翠郊"这个地名。就像每回路过云淡，心里总会默念：云淡，云淡，是谁赋予一个村庄如此动听的名字？高天上流云，在尘世停留，有点桃花源的气息，是人间又不似人间，全因了这地名。若有女子名"云淡"，日日被"云淡云淡"地唤着，定会少却许多烦忧。"翠郊"给人的感觉完全不同，没有云里雾里的逍遥气，只有踏实平和。听着，会是偶尔的鸡鸣犬吠；枕着，会是房前的田畴、屋后的菜畦；念着，会是自在的农舍、清流、炊烟；而闻着，就是一缕淡淡的茶香。

有时，一些地名就像迷魂的汤药，让你惦记，陷入幻想，莫名地想靠近。想象"翠郊"这道汤药中，隐约有茶的影子、味道、香气和故事。事实上，翠郊是属茶的，茶的色彩就是它的色彩，茶的芬芳就是它的芬芳。如果没有茶，它的许多故事都会失去传神的细节。

今天的翠郊，地处福鼎市白琳镇境内，但溯源至唐宋，它是福建北驿道上一个小小的驿站。福建北驿道始建于唐，由福州东北始，经连江、罗源，过宁德、霞浦、福鼎，直抵浙江温州，是古代福州与内地连接的大通道，特别是古代闽都子弟进京赶考的必经之路。传说唐明皇就是用驿道为杨贵妃运送福建荔枝的。在这条古道上运送的货物，除了唐明皇钦点的荔枝外，茶叶更是源源不断。至宋时，饮茶已成时尚，各地佳茗齐汇京都。从皇宫欢宴到朋友聚会，从迎来送往到人生喜庆，茶香到处飘扬。在幽幽的茶香中，也许有一味香，来自福鼎，来自驿道边的茶区，贯岭、桐山、点头、白琳……这味香，随驿道一路穿山越岭，逶迤至京，绵延至今。这味香，就是让福鼎人引以为豪的白茶香。翠郊，一个古驿道穿村而过的小小村落，见证并参与了一场场以茶为主角的繁华。

有一场繁华在翠郊古民居上演。春天来翠郊探访这场已逝的繁华，是合适的。遍野的青翠，淡了沧桑，柔和了岁月的刻痕。大宅门上"神荼郁垒"四个字已被风雨剥蚀得只剩下模糊的轮廓，虽然表面上这是两个门神的名字，但是作为茶商的房主选择他们而不是秦叔宝尉迟敬德做门神，其中深意不言而喻。大门洞开，"神荼郁垒"悄无声息地靠到门后，没有多少人注意，我更愿意把它们当作四个意味深长的字来解读，探寻暗藏其中的茶意、茶事。传说"神农尝百草，一日遇七十二毒，得荼而解之"，这"荼"就是最早的茶。作为神的"神荼郁垒"可以驱邪避鬼，保佑平安，作为茶的"神荼郁垒"该是怎样一番情景？

风尘漫漫，古道上马蹄声声，传车不断。南来北往的人在道中奔波，传邮、赶考、贩货……倦了累了日头落山了，就在沿途的茶楼客栈里歇息，杯杯暖茶饮尽，心中就少了些风霜雨雪，待重新策马催车上路之时，行囊中少不了翠郊的茶叶，而大批的商人，就是冲着这里的茶叶来的。

一个来自江苏无锡的年轻商人，从纤纤的嫩芽中看到了无限商机，断然放下雨伞生意，改弦易辙经营茶叶，并在翠郊一带扎下根来，最终成了富甲一方的大茶商。这个年轻人叫吴应卯，是春秋吴国末代国君夫差的第104代孙，也是这座今日号称江南最大单体古民居建筑的兴建者。翠郊古民居始建于清乾隆十年（1745年），历时13年，耗银64万两，占地面积1.4万平方米，建筑面积5000平方米，由6个大厅、12个小厅、24个天井、192间房、360根木柱、3个三进合院组成。据说仅在同一时辰竖立360根木柱子，就动用了1000

多人。它的恢弘，它的气派，它的风生水起，它的人声鼎沸，从立柱之时就被世人津津乐道。这一切，因茶起，因茶荣，因茶而生生不息。是茶，成全了一个人、一个家族、一个传奇。

古厝建成之后，不仅是吴氏一家老少、用人的居所，也是吴家制茶贩茶的工厂、仓库，至今老厝里还保留着一台木制的磨茶机。那条通京古驿道紧挨着吴家，成了吴家的财源大道。吴家把生意做到了京城，把茶楼开到了京城，清朝乾隆的大学士刘墉经常光顾吴家茶楼，与吴家交往甚密，曾赠与"学到会时忘粲可，诗留别后见羊何"的楹联，这副楹联现在就挂在吴厝大厅上。据说古民居还保留着宋朝大文豪苏轼亲笔题字的笔筒，没有见到，有些遗憾。想着苏轼一生极嗜茶酒，一定品过不少好酒佳茗。酒酣之时豪情满怀，他可以"把酒问青天"，茶浓之际亦可柔肠百转，"休对故人思故国，且将新火试新茶，诗酒趁年华"。苏轼对白茶至少是喜欢的，曾和王安石斗茶取乐，苏以白茶取胜，不免陶然。当时茶尚白，王安石便有意为难他，笑问："茶欲白，墨欲黑；茶欲重，墨欲轻；茶欲新，墨欲陈；君何以同时爱此二物？"苏轼从容作答："奇茶妙墨俱香，公以为然否？"不知笔筒上头写着什么，但是它流转至翠郊，让我有了些臆想，无数时间以前，被苏轼喻为"奇茶"的白茶，也许就采自白茶祖地的这一方碧水青山。

暮春的翠郊，泡在绿里，安静如茶，和它的名字无比契合，而古民居就是茶株上最金贵的嫩芽，吸引、蛊惑着远远近近的目光。茶树大概是最不伟岸的树了，却是最有意味的树。茶不遇见人，茶是无所谓的，人要是不遇见茶，尘世的滋味就少了一味。如果入夜，天上有繁星，地上有促膝的灯火，就着翠郊的蛙声虫鸣，就着微凉的春风，就着一杯白茶，也算是遇着一场香了，由茶、由寂静、由岁月煨出来的醇香。

03　茉莉香远

茉莉花讨人喜爱，小小的花，白得清奇，花香浓而不腻，香得干净。不拒人也不迎人，夏日开成白色的海，素淡里有隐藏的热烈，一种雪白的热烈。

茉莉花原产在西亚波斯（今伊朗）一带，汉时传入中国。因其素雅高洁，深为大众喜爱。茉莉可为装饰，熏香，入药，入酒，入菜。

据说茉莉能酿出好酒，因其独有的香。明代冯梦桢在《快雪堂集》中完整记录了以茉莉为原料制作茉莉酒的过程："茉莉酒，用三白酒或雪酒色味佳者，不满瓶，上一二三寸，编竹为十字或井字，障瓶口，不令有余、不足。新摘茉莉数十朵，线系其蒂，悬竹下，令其离酒一指许，用纸封固，旬日香透矣。"取上等白酒灌入瓶内，上留空隙以竹丝编成"十"字或"井"字形物，将新采摘的茉莉花几十朵架于酒上，用线系住花蒂，悬于架下，离酒面约一指，用纸密封，十多天后，酒就芳香可口。此法也被明末方以智的《物理小识》收录："香酒法：作格悬系茉莉于瓶口，离酒一指许，纸封之，旬日香彻矣，暹罗以香熏虹如漆而酒。"想来茉莉酒是一种香酒，不是酿出来的，而是熏出来的。不曾喝过茉莉酒，想着这样的做酒法，不免心生馋意。

茉莉亦可食。明代著名养生家高濂《遵生八笺·饮馔服食笺》中有"茉莉花、嫩叶采摘洗净，同豆腐熬食，绝品"的记载，茉莉花、叶从医学上来说具有清热解表的功效，与豆腐一起炖食，味道鲜美。

无论茉莉酒还是茉莉豆腐，茉莉作为花，还是没有遇到最好的缘分。只有当它遇上茶叶的时候，茉莉的香，才有了最好的居所，那就是茉莉花茶。

我国制作花茶的历史要追溯到宋朝。那时就有上等绿茶加入龙脑香（一种香料）作为贡品，到宋朝后期，有恐影响茶之真味，不主张用香料熏茶。蔡襄《茶录》中云："茶有真香而入贡者，微以龙脑，欲助其香，建安民间试茶皆不入香，恐夺其真……正当不用。"这是我国花茶窨制的先声，也是我国花茶的始型。到明朝，花茶窨制方法有了很大的发展，著名药学家李时珍《本草纲目》一书中就有"茉莉可薰茶"的记载，可见明朝已开始盛行茉莉花茶。

说到花茶，不得不说"窨茶"这个技艺。没有"窨"就没有花茶。窨就是"熏"。故花茶又名"熏花茶""窨花茶""香片"，属于再加工茶类。其中，茉莉花茶是绿茶茶坯经多次用茉莉鲜花窨制加工而成的，茶引花香，花增茶味，茶味与花香巧妙地融合，构成了茉莉花茶特有的品质，被称为花茶中的珍品。茶香与茉莉花香交互融合，故有诗云："窨得茉莉无上味，列作人间第一香。"

提起茉莉花茶，人们最先想到的一定是福州。没承想，另外一个有福之地——地处闽东的福安，也有着悠久的茉莉花茶制作历史。福安是福建著名的茶区，这里诞生了福建省第一所茶叶学校、第一个茶叶研究所。但使它名闻遐迩的不是茉莉花茶，而是"坦洋工夫"红茶。这似乎应了茉莉的气质，沉潜之香不事张扬。可是，香终归是香。

茶人龚先生生于茶叶世家，三十多年来一直致力茉莉花茶"隽永天香"的生产。说起花和茶，茶人直感叹。花与茶之间，也是充满故事的。因为花与茶都是有生命的。它们彼此"呼吸"生命的精华，气息流淌之间，有了新的生存样式并源远流长。由茉莉花蜕变成茉莉花茶，需经历采花、伺花、筛花、通花、捡花、烘焙、提花等一众工序。茶中花魂，来之不易。而他作为一个茶人，也经历了许多困难与挫折。北方人尤其是北京人对茉莉花茶特别喜爱。"吴裕泰""正兴德""张一元"等老字号茶庄都卖茉莉花茶，并且"京味"足。"京味"指的就是福建茉莉花茶特有的韵味。龚先生正是"吴裕泰"老字号茶行的供货商。三十多年来，他以最好的"天香"茉莉花茶系列赢得了市场。有一次，一位客人对"吴裕泰"的掌柜说，今年的茶和去年的不一样。掌柜诧异，哪不一样啦？客言花香不如去年厚。掌柜回头一问，果然今年部分茶是其他厂家供货。"隽永天香"已经成为老顾客的心头爱了。

花与茶之间"吐香"和"吸香"的过程，漫长而细致，多一分过了，少一分缺了。真正上好的花茶，是只闻花香不见花的，充满"你中有我我中有你"的意味。茉莉花茶，是辛苦茶、口粮茶。茉莉，莫离。它是"天下第一香""中国春天的味道"，也是离乡离土的人故乡的味道。正是这独一味，添了离愁，也解了乡愁。

著名作家冰心先生身在北京，心心念念故乡福州的茉莉花茶，她写下《茶的故乡和我故乡的茉莉花茶》，八十九岁时还赞美道："茉莉花茶不但具有茶特有的清香，还带有馥郁的茉莉花香。"同样是作家的老舍先生，作为老北京人，对茉莉花茶，也是情有独钟，经常去冰心先生家讨茶喝，先生就用上好的茉莉花茶招待他，老舍先生曾写诗记取这段友情："中年喜到故人家，挥汗频频索好茶。且共儿童争饼饵，暂忘冰火贵桑麻。"

据说老北京人喜欢花茶有一个原因是，北方地区的水质偏硬偏涩，什么好茶被这样的水一泡都变成"废茶",独茉莉花茶,不仅不会被"废",反让水不再是"苦水",那缕甘爽与清幽,中和了许多苦楚,慰藉了许多风尘。

好一朵美丽的茉莉花。

04 家茶

冷的时候,能喝上一杯热茶,实属温暖之事。若这杯茶是热气腾腾的蛋茶,会更暖。

在屏南山间,给客人端上一碗蛋茶是纯朴的待客之道。自家产的土鸡蛋,自家茶园摘的土茶,滚烫的茶汤,泡开新鲜的蛋花,一碗饮尽,食物与茶水交融的温热,令饱暖穿肠过肚直抵肺腑,善意与暖意就会驱走寒意。黄昏时日头落山,乡间凉意骤起,普岭村口凉亭下,人们围坐喝下冒着热气的蛋茶,三碗两碗下肚,"好喝"之声便起。有些好,的确就是寻常之物,寻常里的一杯暖。

蛋茶之好,好在它是茶,又不尽是茶,它还有食物的成分。普通的食物,因为特殊的际遇,会在人们心里留下特别的感受。同样是蛋与茶,席间同座言及,却是另一番味道。小时候她极不喜欢吃母亲做的蛋羹，而母亲却视之为上好食物，每次蒸好就叮嘱她吃下。不好拂了母亲的心意，她总是趁母亲不注意，把蛋羹倒进茶壶里，母亲一边欣喜着女儿吃下补品一样的蛋羹，一边诧异壶中的茶水有了异味。

像蛋茶这样与家的气息有千丝万缕联系的茶，我想把它们叫作"家茶"，这与动辄几千上万的茶，是两个场域的茶。家茶里有父母的劳作、邻里的温情、陌路的关怀，也有时令的药方、朝思暮想的味道、一言难尽的过往。

经常想起乡下的草籽茶，很长时间不知道那个草籽叫什么。夏日里几乎家家户户的饭桌上都放着一个大腹便便的陶制茶壶，或搪瓷茶罐，壶嘴上挂着一个杯子，有的在壶口上扣着一个碗。一大早，母亲将一大把草籽和茶叶扔到壶里，一锅开水沏下，桌上一摆，就是一日的茶水了。谁渴了都可以喝，就是过路的人也可以径自倒了喝。那种大碗喝茶"咕噜咕噜"咽下的快意，让日后的自己怎么也习惯不了小口细抿的文绉绉。多年以后才知道那个草籽叫"苍耳子"，去暑祛湿，夏日喝下好处多多。

都说药食同源，很多时候，茶是那个经常出现的"药引子"。母亲在海岛生活多年，学会做"午时茶"。就是在端午节当天的午时，取五谷与陈年茶，几方草药，在炒得滚烫的大粒盐上焙烤茶叶，过午摊凉密封存好，家人或邻里，头疼脑热胃胀腹闷，取一小撮隔水炖服，大抵都能喝去许多不舒服。

这与寿山乡的茶盐古道竟有了一些不谋而合的气息。茶盐古道不知始于何时，但古道上茶与盐是两种必不可少的重要物资。屏南多山，平均海拔八百多米，山峦叠嶂，溪河狭小舟楫不通，但高山盛产好茶。宁德沿海多盐，寿山乡毗邻宁德，茶与盐，成了古道挑夫担上的"常货"。"茶盐古道"崎岖山路，一担担茶与山货，盐与海产品之间"茶盐互市"，走出了古时闽东沿海通往中原内陆的一条重要商贸通道，也走出了许多人情世故与历史文化。

古道区域茶俗之一的蛋茶充满古早的味道。挑夫们无数次荷担出发或归来，半路休息停歇之时，该是喝过蛋茶的，解乏去困提神补充体能，此时的茶里更多的是抚慰与力量。作为待客之道，蛋茶里敬与礼的部分散发着纯粹的乡土气息。好客的乡人,即便谷仓空空,但家里母鸡刚下的蛋是舍不得自己吃的,细心放在篮子里保存着以待远客来时,泡上一碗蛋茶迎客,家徒四壁可,待客不周不可。

老家有些地方唤"茶"为"茶米"。"柴米油盐酱醋茶"中茶虽是最后一味,却是可以独立于三餐之外存在的一种味道。不是食物,又有食物的秉性,当它和食物或别的味道相融时,没有谁轻谁重,没有喧宾夺主也没有风生水起,它是长久的日常里温热、亲切和不疾不徐的部分,艰辛跋涉或有苦难言,都成茶水一味淡淡流香。蛋茶、草籽茶和午时茶里就有各种况味的沉淀与留存。

外婆最爱喝茉莉花茶,少时在福州喝了有香气的茶,之后就再也没有爱上其他品类的茶了。大半生漂泊,从福州到海岛,到台湾,再好的茶她都喝不出好,茉莉花香酿出来的茶,如戒不掉的好酒。从大陆辗转寄到台湾的茉莉花茶,平日里大方的外婆总是"藏"得很紧,轻易不送人。她"小气"地担心,想喝的时候,断了茶。茉莉花,儿时的花,家乡的气息似乎都在不曾消减的花香里。

很多时候,茶断了可以,断不了的是茶外的人与事。

春来黄花

有一种鱼，是大海的一部分，也是春天的一部分。早前，春天一到，黄海、东海、南海上鱼汛起，一时大海金黄。春天起汛的鱼，被渔民亲切地唤作"春来"。这个充满人间烟火气的称呼，唤的就是大黄鱼。清代奇书——聂璜的《海错图》记下了这个鱼名。

"春来"，美得不像鱼名。大黄鱼还有一个美名——黄花鱼，每年四五月间，楝树开花，黄鱼有汛，美味与春天同至，何其美好。清代汪琬有诗云："三吴五月炎蒸初，楝树著雨花扶疏。此时黄鱼最称美，风味绝胜长桥鲈。"美味黄花，入口入心入文入诗。宋朝范成大在《四时田园杂兴》中也对黄花鱼心向往之，"柳风吹絮河豚上,楝子开花石首来"。

于大黄鱼,春来、黄花之名有点家常,另一个名字就明显霸气——石首鱼。大黄鱼头部有两个耳石,大名"石首鱼",算是名正言顺。石可入药,专治肾结石,以石攻石神乎其神。明朝李时珍在《本草纲目》里细细描述渔汛中的大黄鱼:"石首鱼,每岁四月,来自海洋,绵亘数里,其鸣如雷……"他说大黄鱼味甘、性温,主明目、安心神、益气、健胃,看来美味黄鱼亦是人间一药。

大黄鱼颇喜"唱歌",兴起时飙的都是高音。最被人熟悉的名称是黄瓜鱼,就是因为它们成群结队时"呱呱"之声,声震如雷。据说,一只石首鱼在"动情"时发出的声音,可达一百七十多分贝,群鱼狂欢,这般动静,就是在海里开摇滚音乐会的架势。在一个产卵高峰日内,有些海湾会聚集一百多万只黄瓜鱼,集体飙"歌",飙的还是"情歌",蔚为壮观。

大黄鱼是我国传统"四大海产"(大黄鱼、小黄鱼、带鱼、乌贼)之一,有"国鱼"之称。盛产黄瓜鱼的年代,它是沿海渔民日常食用之鱼,鱼汛时可以吃鱼如吃饭。霞浦民谚就有"官井洋,半年粮"之说,这粮不是粮食，说的就是大黄鱼，如此这般，大黄鱼又被亲切地叫作"家鱼"。

长久以来，人们对大黄鱼有着某种执着的偏爱，爱到要专门为它造一个汉字，据说"鲞"（xiǎng）字就是为大黄鱼量身定做的。咸水腌鱼，晒干后美味依然，谓之"鲞"。早在吴越时期就有这个字，美下是鱼为"鲞"，这人间至味得多美，才配得上有个专属的字。关于黄鱼鲞，浙江、福建东南沿海一带有个习俗，新晋女婿去见丈母娘，必须带上鱼鲞中颜值最高、味道最美的黄鱼鲞，故黄鱼鲞又被称为"郎君鲞"。而在霞浦一带，旧俗订婚礼上必备一对黄花鱼，意为嫁娶的都是"黄花闺女"。

闽东官井洋是为数不多的天然大黄鱼洄游产卵地，盛产黄瓜鱼的时节，渔民们好比过节。清朝霞浦竹江人张曲楼《官井捕鱼说》一文描述了鱼丰人乐的盛况："及到官井，先寄碇仙人瓦待潮，早后放缭，靡不鼓勇争先。橹声四起，当瓜鱼中水，数千艘汹汹飞桨，浪花交舞，瓜声、橹声、人声、涛声，渺绕杂沓，奔腾澎湃，万艘穿织，海为震动。日影衔山，灯光灿烂，若万点流星，浮光水上，月轮满天，鱼帜飘扬，若万军旌旐，耀影云中。"如此胜景，是自然的馈赠、大海的恩赐。一条来自大海的鱼，给了人间无数好，只是人们并没有以好还好。上个世纪七八十年代人类的灭绝性捕捞，导致大黄鱼"歌声喑哑"，几至绝迹。大海的金黄在某个春天戛然而止，"春来"不再来，"黄花"也落尽。

如今经过三十多年的人工科学养殖，大黄鱼重回世人的视野与餐桌，似乎"春去春又来"，但只有大海知道，有些金黄，再也不会回来。

且行且温暖

有些地方,永远不会去第二次,而有些地方,却会忍不住去了又去。

这次台湾之行,其实是从一张行程表和线路图开始的。详细周全,是我看到的最用心最贴心的行程规划。十天环岛,是风光之旅,更是温情之旅。

鹿港乡间。房子,稻田,黄昏,暮色,精美的缠花,可口的果点,初次谋面的人,让我想起故乡的味道。栅栏之外,极目之处,是青青的稻田。一瞬之间,心生喜欢。

鹿港天后宫,时光流逝在古老的檐角、凿井、壁画、袅袅的香火中。永不流逝的,是经年累月的虔诚。

巧遇进香团，进香过程中每一招每一式，流露的都是根植于心的信仰。祝祷，祈愿，善良的心意，世俗的向往，在虔诚面前，次第开放，无比美好。三百多年了，这个台湾最古老的天后宫，不知庇护和安抚了多少在世间奔波的人。"乌面妈祖"端坐大殿中央，慈的眼神，穿过缭绕的香火，我把它静静地安放在心中。

雨中的阿里山，记住了它的山涧流泉，千年神木，从高高的枝上透下来的天光，缓缓行进的小火车，还有一碗热汤面。不能说什么，一切像空气，已吸进肺腑，经过了，融化了。

下山的时候，竟遇见落日。云卷云舒，蓝的、灰的、明黄的、玫红的云，在天际间幻化。远方的城市，河流，田野，都笼上了绮光。夜色四合，日落群山之下，静谧升起，也见过日落，也见过流岚，但不期然的遇见有时会更心动。

慈湖，像伤口。一个人的，也是无数人的。那尊残破的雕塑，名曰《伤痕·再生》，有点触目。是非成败，皆过眼烟云，尘埃早已落定。只有邓丽君，一个同样已逝的人，她的歌声婉转在寂静湖边。

安平树屋，一个奇境。青苔爬墙，虬根攀壁，枝条挂窗。淡淡的日光，隐隐的倒影，飘忽的落叶，葱郁的华盖是屋顶。这样的屋子，像一个传说，难遇更难求吧。

其实，树屋的前身是创建于1867年的英商德记洋行的仓库。废弃之后，任由榕树生长，结果成就了另一种景观。在树屋里走动，树影，人影，时光，日光共斑驳，在每一个角落，都恍若置身画中。爬墙的青苔，高悬的根须，突然的一片落叶，都是背景。穿行其间，恐有惊扰。

黄昏落日下的高雄港，弥漫着难言的气息。霞光栖在玻璃幕墙上，栖在船桅上，老仓库的墙角上，栖在水中……昔日繁忙海港，已成一滴安静的水珠，停泊在驳二特区里。锈蚀的锚链，无声的轨道，斑驳陆离的老墙，小巷口不停转动的风车，坐在矮门边纳凉的阿婆……老了，都老了，那些光阴。

在垦丁，想起《海角七号》。片中人说："我想再多看一眼星空，在这什么都善变的人世间里，我想看一眼永恒。"此时天涯，已是远方，永恒在哪里？也许仅能留在一个地名里——恒春。

一路向北。

东海岸，高天流云，水随天去。海，那么远，天，那么蓝，连风都是蓝的吧，蓝到我眼里，湿了眼神与心意。间或有脚踏车机车骑行驶过，烈日下的背影，孤独但坚毅。沿途小屋，三三两两，低矮，简朴，孤单，素静，像默默的旅人。独在风雨之中，不说疼，也不乞求同情。

天，辽阔。海，辽阔。蓝，也辽阔，辽阔得让人有些忧伤。这种心绪，一直延续到太鲁阁燕子口。那片海，曾经流经这里吧，或是，这片山，曾驻足在它的怀中，以致每一块石头都刻满沧海桑田。

有些地名会勾魂，似汤药，莫名地让人心动，就想直奔而去，花莲就是。站在北回归线标志塔前，海风劲吹，我好像闻到了家乡的气息。在漫长的东海岸，花莲，像个乡下女儿家，离家很远，无依无靠，就是走过了奇峭险峻的苏花公路，依旧没有人牵她回家。只有兀自站立海口，任风雨飘摇。真想做花莲上空的一朵云，陪她。

越北，越不舍。

绕行北部滨海公路的刻意，一路上悉心周到的打点，即将到来的告别，像九份的夜，一点一点濡湿我的心境。

入夜，人潮散去，九份没入安静。

竖崎街，是街道，更是阶道。沿长长的石阶拾级而上，沿街错落的红灯笼，在风中摇曳，灯笼上"黄金山城""越夜越美丽"的字眼，在夜风中跳跃着，无声地诉说着山城的前世今生。

想象九份最初的样子，九户人家的小小村落，简单清贫，人情温暖，鸡犬之声相闻吧。自有黄金，宁静散，繁华至，一切不复从前。它的悲情，也开始了。

柔和的灯光，落在街口的香草铺上。香草铺子边，就是升平戏院。据说是全台湾最早的一家戏院。想当时的夜，定是人影幢幢，夜夜笙歌，歌舞升平。黄金山城，似有喝不完的茶，饮不尽的酒，享不完的快活……戏梦人生，不过如此。只是，繁华亦有落幕时。

坐在台阶上，和一只狗。它不言，我不语。蓦地想起作家吴念真，一个九份人，他写的《这些人，那些事》，总是在夜深人静时打动我。在他的书中，夹着一个信封，信封上就四个字："一种缘分"。是的，缘分，岁月中所有的经历都是缘分。遇见，离开，重逢，相忘或是牢记，繁华或是荒芜，悲情或是喜乐都是。此时，我和九份，和初次晤面的人也是。

风起，雨至，夜凉。凭窗望海，灯火依稀，山城寂寂如水。

晨光中，又起程。野柳，基隆，淡水，台北。海岸怪石，古港旧貌，沪尾炮台，台北故宫博物院……一路走来，可以罗列得出风光几多，却无法罗列出温情缕缕。

要离开了，所有的路过，终归都要离开。

可这十日，已如心书一页，夹进记忆。那同行2011公里行程的情谊，彰化、台中、桃园、台南、高雄、台北摄影人的盛情，大溪的豆花，台东的米苔目，基隆庙口的蟹肉羹，淡水黑殿的冬瓜茶，还有台南的珍珠奶茶，高雄起早寻得的大西瓜……种种的种种，都似点点墨香，洇染着心田。这世间，原来可以这么好，这么温暖。

如有一天，还可重逢这里的山山水水、人情风土，我想骑行在东海岸，或是去看一眼遥远的兰屿。

第五辑

所有的夜晚都会过去

在机场等候

夜色中用四个小时等待晚点的飞机,这样的等候漫长而无奈,每一分钟好像都被无限拉长。看着从不同的登机口准时上机的人们,觉得他们都长了翅膀似的幸福和轻盈。

候机大厅里有一间咖啡屋,一间小书店,和一个小超市。咖啡屋里灯光暗淡,空无一人,如果等待是一种煎熬,咖啡也许只会让煎熬更深更重。这种被圈在候机大厅里的等待时光,大概没有多少人有闲情逸致去品尝一杯价格不菲的咖啡。我想到书店里打发这个难挨的夜晚,书店里的灯光非常柔和,好似要把每一页书都变成温暖的手,轻抚在无奈中苦候的人们。

我随手拿起《梅艳芳画传》，翻了翻，翻出了一个等候的故事。演员赵文卓从内地初到香港，没人理他，生存都困难。有朋友介绍他给人当健身教练，武术冠军出身的赵文卓，二话没说就应承下来。见面那天，赵准时赴约，可对方却迟迟未到。等了半个多小时还不见人影，赵越等越恼火，正当他想不等的时候，梅艳芳来了。她并没有为自己的迟到有所表示，只是言语豪爽，对初次见面的赵文卓的处境相当关心，她叮嘱赵：要是有人和你过不去，找我。就是这样一次等候，梅艳芳和赵文卓之间开始了一段无果的恋情。这个章节的标题是《等爱的女人》，梅艳芳阅尽人间繁华，只是繁华也脆弱，繁华不是爱人。她一遍遍痴痴地等："不知道是早晨，不知道是黄昏，看不到天上的云，见不到街边的灯，黑漆漆地等，你让我痴痴地等。"她在尘世间黑漆漆地等，人前绚烂人后黯淡地等，等得心头落花成冢，等得生命成灰，还是没有等到。只好离开，一个人仓促而孤单地离开……

夜色越来越重，候机的人越来越少。孩子们在等待中，把候机大厅当作了游戏场，玩起了迷藏。有人一脸疲惫地靠在椅子上打盹，有人一动不动紧盯着停机坪，每一架进港的飞机都会让他的目光闪出几朵光芒。我的心思也游移，我所等待的飞机此时在哪一片云空上飞翔？我是不是也在黑漆漆地等？等待如水，淹没来路，而归途却渺渺。等待也坚硬，望穿秋水的那一种，可以让人成为石头，比如望夫石。

已是十点，书店要关门，我悻悻地走出来。候机大厅的灯光比先前暗了许多，登机口大都关闭，只有"7"号登机口前，一群疲惫的人，还在各怀心事地等着。一个七八岁的小女孩，不停地跑到咨询台前问："叔叔，飞机什么时候来啊？""叔叔，飞机为什么还不来？"她的声音在空旷的候机大厅里，显得特别无助和弱小。

我百无聊赖，站在大厅巨幅玻璃窗后，希望能看到那架和我有关的飞机降落的身姿。却只看见远山一片黑暗，黑暗让我想起一座山——孤山，想起刚才在《杭州的水》这本书里，看到的一个一千五百多年前的等候。

这个等候的人名叫苏小小，十五岁时父母病逝移居杭州西湖孤山脚下。随春风遣词，沐月色拨弦，美丽、才情和隐隐的伤怀，使虽为歌伎却正当妙年的苏小小，成了西湖上最灵动的一颗水滴，不知引得多少目光痴痴，多少心意沉沉。一个芬芳的春日，苏小小和名门公子阮郁相遇相知了，他们私定终身结为秦晋。"妾乘油壁车，郎骑青骢马。何处结同心？西陵松柏下。"多好啊！爱情和春天一起降临。

只是好景不长，不久阮郁就被父亲骗回去。离开之时，两个相爱的人在西湖边依依惜别，在阮郁频频回首的目光中，苏小小开始了她人生中最后一次锥心的等待。在等待中，苏小小因为拒绝了朝廷命官的垂涎而惹上几个月的牢狱之灾。在等待中，苏小小情坚意定地盼望着，阮郁会骑着青骢马，在某一个朗朗的清晨，或幽幽的月夜回来。

春光又至，苏小小日日在西湖边凝神远眺，每一阵马蹄声都会让她心跳不止，每一缕清风好像都沾染了阮郁的气息，而每一个日子里无望的等待，都像一把剔骨刀，一点一点剔走了她生命中最光华的部分。春光未逝，苏小小十八岁的人生已经在等待中消逝了。死后，她就葬在了孤山下，继续和一座孤独的山一起等待。只是，阮郁似乎再也没有回来过。

一座山都孤独了，一个人又能如何？

等待不能言，心思不能言。因了等待，这世间便多了万千情愫。许多的人生因此有了曲折，也有了旖旎。总是要等待的，总有值得等待的。此时此刻，我等待的是一次飞行。深夜十二点，我在夜空看到了大地上的点点灯火，不知道，哪一盏灯下有关于我的思绪？哪一盏灯下有等候我的目光？

愿你在天堂有爱人

——给安徒生

　　安徒生一生没有结婚。曾经有几个爱情路过他，但是他或者没有得到，或者放弃了，为了最终的童话。

　　在威尼斯通往维罗纳的夜行驿车上，一个美丽的女人在途中深深地爱上了安徒生，这个忧郁、憔悴、细瘦的流浪童话诗人。安徒生孤寂的心再一次被爱笼罩。在漆黑的夜里，他是多么需要这样的光芒啊！

　　繁星闪烁，爱情在安徒生心中熊熊燃烧。但当叶琳娜·瑰乔莉泪流满面地向他递上素洁的心愿时，安徒生害怕了，怕绚烂的爱情会让自己心中圣洁夺目的童话黯然失色。他选择了放弃：看一眼就走开，日后永不相见。叶琳娜痛彻心扉地叮嘱着：将来你由于年老、贫困和疾病而感到痛苦的时候，只要说一句话，我就会徒步越过积雪的山岭，干燥的沙漠，千里万里赶到你的身边。

晚祷的钟声响起了，安徒生又一次和爱情告别，从此他们天涯永隔。

安徒生比谁都更需要爱的祝福和环绕。1805年的一个春日，他在故乡丹麦小镇奥登塞降生时，和苦难的母亲不是睡在床上，而是睡在鞋匠父亲从外头捡回来的搁棺材的木架上。十四岁时怀揣十三块银币，在祖母和母亲伤心的泪水中，只身前往哥本哈根。在那里，安徒生跑过龙套，当过芭蕾舞演员、讽刺诗人、剧作家……像"一条随时可能被溺死的狗"，忍受着无尽的屈辱、艰辛、轻蔑、嘲笑、讥讽。他只梦想着一朵花的芬芳，得到的却是冰冷的风暴。安徒生变得更加孤单、忧郁、敏感、痛苦，他总是轻易陷入爱情，又总是恍惚不定，彷徨无措。他怕现实会让爱情成为更深的伤害，更怕爱情的烈焰灼伤自己作为一个童话诗人必须的纯真。在残酷的世界里，他能把握住的只有童话。

苦难让安徒生认定，想象中的爱情比现实的爱情更刻骨铭心，更摄人心魄。于是他极力在童话中用想象勾勒爱情画卷，构筑爱情城堡。

《海的女儿》就是安徒生的一个爱情。没有灵魂的小美人鱼为了得到一个人间的灵魂和爱情，付出了动听的声音、美丽的鱼尾和纯洁的生命，但是有灵魂的王子自始至终没有认出她的爱情。当太阳从海上升起来的时候，她变成了泡沫。小美人鱼就是活在海里的安徒生，忍住了在刀尖上行走的苦痛，爱情终究还是一个泡沫。

只是小美人鱼和安徒生的泡沫是升向天空的，骑着玫瑰色的云朵，升向晴朗的天空。所以他们会到达天堂，成为星辰，成为千千万万人仰望的坐标。纵然有无数岁月在其间流转，都不会坠落。小美人鱼的雕塑今天已经成了哥本哈根市的标志，安徒生的童话以最年轻的光芒照耀着最久远的时间、最辽阔的空间和最寂寞的灵魂。

4月2日，是安徒生的生日，两百岁的生日。爱童话的人们啊，让我们就着他一百六十八篇童话的光芒，许下一个心愿吧：愿汉斯·克里斯蒂安·安徒生在天堂里有一个爱人。

没有星辰，也没有大海

时间并不是治愈创伤的良药，电影《海边的曼彻斯特》就是明证。男主人公李·钱德勒（Lee）的伤痛一直没有被时间治愈，连痂都没结，反倒像堆肥，时间越流逝，就沤出越多的负疚、自责与伤痛。

因为Lee觉得自己是"凶手"，是"罪人"，只有在时间里放逐自己，才能减轻自己的"罪行"。

海边的曼彻斯特，是个小地方，也是个鬼地方。如果冬天死了，要等到春天才可以埋葬。因为极度寒冷，冰冻的土地，坚硬得根本无法挖出一个完美的墓坑，埋葬一个死去的人。Lee的伤痛、自责，也如这寒冬之地，死死地坚硬着，一点融化的缝隙都没有。

一次半夜的酒后，Lee忘了关上家中壁炉的防护网，导致三个未成年的孩子在火灾中丧生，不久妻子也与他离婚。在警局里，Lee以为可以入狱赎罪，警察却安慰他："你是犯了一个可怕的错误，世上保准有其他成千上万的人也都在这一晚犯了错。"坐牢不成，崩溃的Lee想一死了之，抢下警察的配枪，但扣动扳机之前被摁倒在地。

死而不能，活即受难。曼彻斯特小镇上，熟悉的街道、教堂、屋子都成了Lee心碎的理由，逃离是唯一之选。陌生的波士顿接纳了一个沉默寡言的自我流放者。在波士顿，Lee是一个公寓的勤杂工，每天铲雪、修水管、掏马桶、扔垃圾，下班后住在阴冷的地下室，日复一日，活成了一个空心人。眼神空洞，表情瘫痪，说话结巴，交流阻滞。在酒吧里，美女搭讪也没能活跃他的表情，别人无意的一眼，却能让他出拳相向。

威廉·福克纳说：人，是一切不幸的总和。过去的一切，在Lee这里，永远过不去了。于他，只有逃避，没有救赎。只有昨天，没有明天。

深爱的哥哥突然去世，Lee不得不回到曼彻斯特，不得不成为未成年侄儿小帕的临时监护人，不得不承担起哥哥过世后要处理的一切，不得不面对他不愿意面对的人与事。在医院、殡仪馆、墓地之间来来回回。送侄儿去学校、去训练场、去女朋友家。叔侄俩不时为了要不要卖掉哥哥留下的船争吵，要不要搬去波士顿争吵，要不要让侄子去探望酗酒成性、与父亲早早离婚的母亲争吵……两个失去至亲的男人，在冬天里磕磕绊绊，在磕磕绊绊中互相搀扶。

在街角，Lee与前妻兰迪相遇是影片高潮。前妻已走出阴影，再婚，婴儿车里有刚刚出世不久的孩子。兰迪声泪俱下，抱歉当初与Lee说了那么多绝情的话，因为当时她心碎了……后来才知道Lee更难过，因为除了心碎，Lee还要背负。她希望他能走出来，心不要一直碎着……可那个无法原谅自己的人，在前妻的安慰中，再一次崩溃，崩溃到连一句完整的话都说不出来。

整部电影是灰冷的。灰的大海，灰的天空，灰的建筑。灰白的飘雪，昏暗的行道树，主人公飘忽的眼神，心灰意冷的所为。在巨大变故与生离死别之前，没有撕心裂肺的痛哭与哀号，只有灰色的绝望。不得不夸一下男主人公的扮演者卡西·阿弗莱克，137分钟，他奉献了细腻而克制的演技，演活了一个深陷泥潭、貌似行尸走肉，内心却翻江倒海的人。

春天终于来到曼彻斯特，冰冻大地终于有了一点点微绿的影子，墓地终于可以挖出一个完美的墓坑安葬冬天死去的人了。葬礼结束，Lee的冬天依旧没能结束。面对侄子的挽留，他竟语无伦次："I can't beat it, I can't beat it."（我受不了……我走不出来……）一个被自己的过去勒索的人，只好再一次逃离。

《海边的曼彻斯特》没有英雄主义，没有励志鸡汤，没有光明结局，只有一个无梦的落魄者，怎样也无法与自己握手言和。可是，观者却被深深打动。因为艺术的真实和生活的真实精准对接了，哪有那么多成功人生，更多人更多时候遭遇的是打落牙齿咽下肚的辛酸，与无能为力。

大抵好的电影，也是一种慰藉与提醒。这世上有多少人衣冠楚楚，就有多少人遍体鳞伤。走夜路的人那么多，当把自己的黑融入黑时，黑，就是你的所有了。

啥叫好

所有不得好的爱情际遇大都是一样的。电影《暖》和《半生缘》里的爱情,一个在现时的乡村,一个在三四十年代的上海,但灰暗的深度、伤心的长度是一样的。

暖和井河是曾经的初恋。多年后,井河在故乡遇到暖。

暖披头散发,目光黯淡,瘸着腿,驮着沉重的秧藤,蹒跚地走在竹桥上。井河迎面走来,心中错愕:"是暖吗?"

面对十年前的初恋,井河颤颤问道:"你好吗?"

"啥叫好?"暖面无表情。

"有丈夫，有孩子，有吃有喝，除了腿瘸，浑身上下都不疼，是好吗？"

井河无言。

当初，要不是来村里演戏的小武生横空出现，暖也许会和井河顺顺当当地好下去。井河看到暖过着他感觉中不好的生活，感伤像空气一样包围了他。井河心中潮起潮落，暖却似死水一样平静。嫁给一个哑巴，天长日久的沉默，帮助暖戒了倾诉的渴望，戒了思念。

雨在下，每一滴都打在往事上，很无情地把井河拖入过去。斑驳的墙，青色的瓦，窄窄的深巷，苍茫的心事。这世间，半生的缘分最是残酷。后来大家都过得好也就罢了，若其中有人不好，那么这半生的缘分，就成了天边的云朵，阴晴雨雪都脱不了干系。张爱玲小说改编的电影《半生缘》里的曼桢和世钧，他们就都是彼此那朵天边的云。

曼桢对世钧说：我们回不去了。

吴倩莲和黎明把爱情的含蓄、甜蜜、无奈，繁花落尽的凄楚，永失我爱的悲凉，演绎得深刻而绝望。不喜欢作为歌手的黎明，但喜欢作为演员的黎明。他曾经沧海的眼神，在黄昏或入夜的巷子里，拉得长长的背影，举手投足间，张爱玲的味道无处不在。

"你好吗？"是井河在滚滚红尘之中可以给暖的唯一问候。

"啥叫好？"是暖在沧海桑田之后可以给井河的唯一答案。曼桢和世钧久别重逢，还是这样的一句话。"你好吗？"曼桢用了积蓄十四年的气力。"我只想你好。"每一个字都是世钧埋藏在心头的绝恋。

张爱玲在婚书上写下：胡兰成张爱玲签订终身，结为夫妇。胡兰成续上：愿使岁月静好、现世安稳。但声动全城的"静好"也仅有半生缘，他们的好，短暂到决绝。

要多好才是好？习惯了是不是一种好？结局如果在意料之外，那么一切都无所谓了。哪样的柴米油盐不是柴米油盐？哪样的风花雪月可以永垂不朽？暖和曼桢，都过上了意料之外的生活，一个和哑巴无语厮守，一个和曾经玷污了自己的人了却余生。炼狱也罢，涅槃也好，今生今世都已惘然。命运如果会流泪，应该在这个时候痛哭。

暖高兴或忧愁时，都爱在秋千上荡。秋千在空旷的野地里荡呀荡，是荡得高高的好，还是荡得低一点好？

没有人知道。荡得再高，总是要回到地上的。最坏的结果，是摔到地上，暖就是这样被摔瘸的，连同曾经像旗帜一样高高飘扬的爱情。

宽　心

在不三不四的点去影院看电影,有两大好处,一是票价便宜,二是运气好的话可以包场。

上午场放映《寻找罗麦》,一部没获得多少好评的电影。

"就我一个人?"

"是呀,你看,我们影院对你多好,为你一个人放电影。"店员口吐莲花。

五年前拍的电影,故事关乎生死,关乎不被理解和祝福的感情。一个叫罗麦的法国年轻人寻爱来到中国,一场车祸中的少年之死,成了他的梦魇,他觉得,自己就是肇事者。在隐秘的爱和无时不在的自责纠缠中,他再次选择离开。在西藏，罗麦似乎获得了救赎。他写信给那个有着千丝万缕关系的中国同性朋友"捷"，"我忽然觉得，死也没那么可怕了""肉体只是今生的一个暂居地"。电影里交替出现西藏的雪山、寺庙，法国的巴黎和普罗旺斯，生死叙事在唯美画面上慢慢铺开。

"呦，就你一个人看呀。"保洁阿姨不知何时进来，在背后突然"问候"了我一声，吓我一跳。

罗麦在西藏死于雪崩。赵捷去西藏见朋友最后一面，途中所历让他在死之前看清了生。赵捷前嫌尽释，不远万里把罗麦的骨灰送回法国普罗旺斯安葬，并见到了罗麦的前女友，年迈的母亲才知道罗麦还有个六岁的孩子……而这，连罗麦自己都不知道。

以为结束，却又重生。生死轮回，生生不息。

背后又传来悉悉嗦嗦的声音，是一位保洁大叔。

"一个人看，宽嚯。"大叔憨憨地说。

保洁阿姨和保洁大叔总是在关键节点出现，在电影中出现"生死时刻"时把我拉回现实。大概我一个人，在黑暗里"面对死亡"，让他们觉得不打招呼不行，怎么都得和我吱一声。

"一个人看，宽嚯。"宽，总是好的。宽敞，宽阔，宽容，宽恕……遇到难时，也是被安慰与开导，心要放宽点，要"宽心"。罗麦的内心，纠结、痛苦、负疚，他以为他杀死了一个发广告宣传单的孩子，还以为杀死了另外一个没来到世间的孩子，因此罪不可赦，他的心始终没能"宽"起来。

在西藏，冷古寺之日日夜夜，僧人之辩经，天葬之神性，雪山之高洁，高原之辽远，让他的心渐渐"宽"了。"如果我死了，我也想像藏人一样，让天葬师将我的骨肉分离。骨头烧成灰，埋在我的故乡普罗旺斯的大山里，而血肉就让天葬师喂食给鹫鹰，救赎我的罪孽。"

《寻找罗麦》试图通过唯美的画面，天籁一样的配乐，两个不同国度年轻人的寻寻觅觅，表达生与死的深邃主题。但保洁大叔仅一个"宽"字，似乎就举重若轻戳中命门。

生，让人为难；死，又令人恐惧。生生死死之间，似乎只有不停"宽"心，才是坦途，才是星辰大海。

向内的疼痛

——读谢宜兴的诗

《向内的疼痛》是谢宜兴的新诗集。出版消息刚转到同学群里，就有人问：是不是那个谢宜兴？

是，就是那个。

这话，有点像暗号。

"那个谢宜兴"，是写《苦水河》的谢宜兴。很多年前，谢宜兴自费出版《苦水河》，定价0.55元。晚自修，我带了十几本到班上，像传考卷一样，一桌一桌传下去，整个过程，就如传考卷一样安静。晚自修后，收到了几张"五角"，不记得到底有几张，但是同学们记住了诗集《苦水河》，记住了"那个谢宜兴"。

《苦水河》开本很"瘦小"，每本扉页上，都有诗人用钢笔写的一句话。印象颇深的是：人生是一条苦水河，愿每一段航道都有一盏明亮的航灯。

诗集后面谢宜兴的小传，让同学们惊奇。

"这个世界没有我的时候，就已经有谢宜兴了，谢宜兴注定是长子。一年秋天，我从爷爷的墓碑上跳下，离开寂寞的墓地，来到熙熙攘攘的人间。"

城里同学很讶异，"谢宜兴"是怎么从"爷爷的墓碑"上跳下来的，有乡间生活经验的同学说，"红线一牵"就下来了。

所谓"红线一牵"，是乡俗，即便世间还没有"你"，爷爷的墓碑上，就用大红字刻出他命定的子孙的名字，刻出还无影无踪的"你"了。从墓碑上跳下来，是宿命的。这一跳，世间多了一份早已雕刻好的疼痛。

那时，他是乡村中学老师，教生物的老师。

读师专时，在一次考试中，再遇谢宜兴的诗，一道成为考题的诗。作为诗歌分析题的那首诗是《银花》，后来成了谢宜兴一本诗集的名称。"**爹看了她一眼／娘轻轻叹息一声／唢呐就吹到了门前／她，成了她嫂嫂的**

/嫂嫂"(谢宜兴《银花》)。

"银花"的伤与痛的是乡村特有的。如果人生真的是一条苦水河,于谢宜兴而言,源头来自乡村,"银花"一样的忧伤,遍布河床。有些河段汪洋恣肆,有些河段静水流深。如果时间穿越,这道考题的答案会是:诗歌是诗人"向内的疼痛"。

多年以后,谢宜兴的诗歌已不仅是大学考试试题了,他的诗《我一眼就认出那些葡萄》入选多所大学必修课、选修课教材。"那些葡萄"与"银花"拥有一样的质地,都曾"水晶一样荡漾在乡村枝头",但命运并没有变得更好一些。"银花"成了"嫂子的嫂子","葡萄"在"城市的夜幕下剥去薄薄的羞涩",最终"被榨干甜蜜",流成深红的血色。字里行间,静静地弥漫着"向内的疼痛"。

《苦水河》之后,谢宜兴成了记者。从小乡村到小县城,诗一首首写着,事一件件经历着。诗人几年间熬夜写的,更多的是没有诗意的新闻稿。但诗歌从来没有离场,失眠的夜里,诗歌也睁着失眠的眼睛。新闻稿书写坚硬的世道,诗歌默默抚摸"透明的忧伤"。

再以后,诗人从小县城到省城,日常里"乡村"已经失踪匿迹,眼见的都是高楼林立,呼来唤去的也好像都是流光溢彩,"向内的疼痛"貌似消失,其实从来没有缓解过。城市的灯火中,幽微处明灭的还是"母亲灶膛里的火光","透明的忧伤"不过是换了个居住的地方,心在云天,身在尘埃。"乘着暮色第一次这般真切地感到/有一个栖身的处所有一盏暮色中的灯/等你回家,在苦难的大地上/即使活得卑微,幸福已够奢侈"(谢宜兴《即使活得卑微》)。

"苦水河"流到中年,沉淀了许多泥沙俱下的痛。有些是世界砸向自己的,有些则是自己砸向别人的。现实里许多痛要克制,诗歌里很多痛就无法"留白"了。有一天,那个"从墓碑上跳下来"的谢宜兴,把父亲的名字刻上了墓碑。谢宜兴送父亲上山,"用炭火烧烤,用白衫擦拭/再把红烛点燃,仿佛为你布置新居/这个叫寿域的地方,你生前建造的囚城"。父亲,归于墓地,归于山,也归于谢宜兴的诗中,"像山岚归于云窝"。

疼痛如水,在世永流。如果世上根本就没有止痛药,那就把诗写到头吧。

剩在人间的凛冽

——读汤养宗关于清明的诗

清明时候，很多山成了墓山，很多地改名墓地。被唤作墓地的地方，大都有具体的指向：祖上的墓地，曾祖父母的墓地，祖父祖母的墓地，甚至是父母的墓地。父母的墓地，是顺流而下的日子里，终要经过的地方。这样的地方，是隐疾，如针尖，藏在汤养宗关于清明的诗中。

前往父母坟地的路上，一些不同的野草
奔跑了起来。一朵勿忘我噘着嘴说：
"你的母亲昨晚还抚摸过我
看见了吧？我是有体温的。"

我有些不安，却只能像一个哑巴
继续听话："他们两个有时坐在月光下说话
话里头，好像还有什么牵挂……"
说这话的苦楝子，声音是湿润的
有几棵草已经跑到前面去了
远处，有谁咳嗽了一下。
而这句话我听得最清楚："我们都是证人
我们都知道，你就是那个最小的男孩。"

——汤养宗《往父母坟地的路上》

  有一种孤冷，从地底冒出。关于清明，关于父母，火山的情绪，冰山的写法。冷的语言，是流动的雪，是融化的冰。也许有父母的地方，才是生之所恋。此时，坟地上的一切都是热的，有体温的，噘着嘴的野草、照着父母骨头的月光、湿润的苦楝子的声音，是热的，像一家人一样围着父母。而那个前往父母坟地的人却是孤冷与荒凉的，是父母扔在人间的"孤儿"，似被遗弃的内心，独有的荒凉，幽微而巨大。"却只能像一个哑巴"，不能与人言，只能在诗中自话自说。

五十余岁的我，手摸相隔十余年的墓地

深也十多年，浅也十多年

我在外头，父母在看不见的三米深

十年也热，十年也凉。十年两茫茫，十年的掌心

总是握一把空空的心跳。这就是，人如隔

却也是肤之亲。肤之有，肤之无，我爹我娘

我又要喃喃自语：我也是余数

桃子般，在寄，终被谁摘下，放在相同的篮子里

话也是多余的话，正是

天下桃李，迟早落果。再聚首

——汤养宗《清明余话》

钱锺书说：目光放远，万事皆悲。如此，活着，在人间，不过是剩在人间，"也是余数"，"迟早落果"。清明，虽在春，万物萌发，貌似一个欢欣鼓舞的节气，但因为祭祖怀人，因为阴阳有隔，所以"清风不清"，成了"天上地下人间共同的苦口日"。

想起有一年清明，母亲、舅舅、姐姐和我，在台北

阳明山祭拜外公的情景。在寄放骨灰的塔楼里，逼仄的空间，很多骨灰盒放在小小的屉里，密密的格子，从地面一直顶到高高的屋顶，仰头低头，都是灰，无尽的灰。外公的骨灰盒放在最下层的角落，这是我第一次看到外公，早已成灰的外公。于母亲，父亲已是空气中的父亲，如诗人《空气中的母亲》。

现在，母亲已什么也不是，母亲只是空气
摸不到，年龄不详，表情摇曳
空气中的母亲，像遗址，像踪迹，像永远的疑问
够不着的母亲，有时是真的，有时假的
——汤养宗《空气中的母亲》

人去楼空。空气也是空的。母亲更是空中之空。诗人在《诗歌写字条》里说道："到后来终于成为生活无比精确又无比严厉的判官，这当中所经历的都是寂寞的功课，他在冰凉的技艺中用掉的都是他内心中无法与人证实的炉火。"诗人关于清明的诗中呈现的正是"冰凉的技艺"与"内心的炉火"的无缝对接。《空气中的母

亲》《寄往天堂的十一封家书》等关于清明与生死与别离与无常的诗无一例外。常常要面对"人去楼空"的孤冷，是诗人长久以来的寂寞功课与写作意识，没有"与光阴为敌"的凛冽，诗人"抵达事物的程度与说出事物的方式"，就不可能成为他独有的"冰凉的技艺"，他"内心的炉火"就会和别的普通的炉火一样失踪于无迹。

人活一世，草木一秋。在诗人写于清明的诗中，可以看到很多"草"的踪迹。也许草，是和清明最心有灵犀的植物。"希望在水里握到另一双手，一些草与藤蔓／听到有人在说：轻一点／这一天家乡的山头，流传的都是草木的话"（《在清明》），"遍地都是开门声，墓地与坟头，门一扇扇／不约而同地打开，那些栖居在／松柏中的人，野草中的人，盒子中／和陶瓷罐中的人，擦着脸上的雨粒，在门前"（《清明的门》），这些诗中的草，并不是诗人刻意的抒写对象，只是某些心绪恰好的寄寓。但《父亲与草》中的草，是亲人，是和亲人一样有命的命。乡间，上了年纪的老人，说自己的一生时，总是言简意赅：人这一世，和草一样贱。甚至说，比草还要贱。在有命的草之前，父亲的命反而成了"草命",草有来世,而父亲,却只有一个坟头,一个长满草的坟头。

我父亲说,草是除不完了。他在地里除了一辈子草

他死后,草又在他坟头长了出来

——汤养宗《父亲与草》

活着,有时是一种平静的绝望。如弃,如熬。熬世就是除草。生生不息的是植物,不是人。那个叫"故乡"的地方,大抵就是活着你的亲人,也埋着你的亲人的地方。父亲与这个世界的关系,不是留在人间的儿女,是草。活着,是草,草草一生。死后,还是草,孤魂野草。

台湾苦吟诗人周梦蝶说,高僧修道不成,来世投胎就成了诗人。如此,写诗也是修行。既是修行,熬世之味,就不能在诗中漫漶,这是惊险的高度,也是迷人的难度。如此,修行人的诗,都是孤山。

在墓地,有前尘,有今生,有来世。诗人关于清明的诗,是对空的自言自语,是纸卷装的孤寒酒,若流

水，水又随天去。一纸酒，半生诗，几个亲人的坟头，是放远的目光，是皆悲的万事，也是自己为数不多的江山，牢不可破的故国。

带着桃子的书去台湾

在大梦书屋,《藏在小日子里的慢调台湾》新书签售会上,听桃子讲故事。确切地说是分享,分享桃子作为第一届陆生在台湾读研三年"看见"的台湾,创新的、文艺的、美学的台湾。

已不记得,是看了桃子的哪篇文章订阅了她的微信公众号"台湾私人订制"。只记得,她的文字里有不一样的"看见"。虽然学生生活要面对许多困境,但幽微的体悟、陶然的发现、行走的惊喜、独有的思考,依旧在温和的言说里呈现。作为杭州《都市快报》前记者,她有着自己"看见"台湾的方式。三年的学生生活,也让她对台湾的了解比别人拥有更多的时间沉淀。

《藏在小日子里的慢调台湾》，慢在独立书店与乡野咖啡屋里，慢在读书人重回乡间种出的稻谷中，慢在看一场电影或小话剧的邂逅里，慢在充满空气感的文艺生活和给人安全感的公共空间里……这些慢，遵从内心，自然而然。书中的"慢调台湾"，不是地理上的风景，而是生活在这个岛屿上的人们心理上的风景。

喜欢桃子眼中的独立书店。

淡水的"有河BOOK"，是"一间书店，也是一种人生"。两位店员离开"每一天都感觉失去自我"的职场，在"能力和资源都不足够的情况下"，决定开一间书店——有河BOOK，有何不可？其中独立态度不言而喻。

台中的"新手书店"，只有一百本书，是书店中的"杂货铺"。可是"纵深十八步，横向只有五步"的书店，"在城市的街角，小小的却很温暖，天晴的时候，有大片的阳光洒进来，冷冷的夜雨里也为路人保留一抹温度"。

隐居在山中的九份"乐伯二手书店"，是从"饲料鸡"做回"山鸡"的独立书店。乐伯曾经在台北开过十三家书局，但都是上游给什么书就收什么书，像饲料鸡一样。"书店没有自己的定位,很难存活下来。"乐伯的二手书店,按照自己的喜好,收的主要是二十世纪七十年代以前的文史哲和艺术类书籍,尽管起早贪黑收来的书中,通常十本只有一本能上架,但乐伯觉得现在他的书店就如同放养在土地上的山鸡。这只"山鸡"摆脱了"饲料鸡"的命运后,和九份的雾霭、山岗、冷雨、清风、阳光、星辰一起,又有了动态和活力。

还有很多独立书店散布在台湾各个角落。它们大都没有宽敞的空间、簇新的装修,甚至存活都很艰难。它们隐在城市的某个巷口或街角,或是不起眼的二楼,但书店主人"背后的故事"赋予书店不同的气质,让人舒服的气质。就像"有河BOOK"店员一号所言:哪怕有一天书店倒闭了,我们也过了几年自己想过的日子,这样就足够了。"舒服感"许是桃子眼中"文艺感"的台湾的底色。

在台湾,桃子有美丽的看见,也有犀利的看见。她看见了台湾正在兴起的"乡村力量"。越来越多的都市年轻人,回到家乡或祖地买下或租下一片地,一半时间交给土地与农田,一半时间留给手艺与梦想,咖啡馆、民宿、手作艺廊……他们用手艺养活自己,深耕家乡,让曾经只有老人和小孩的家乡重新拥有旧日的慢生活。留日归台的"志愿农民"赖青松，在宜兰乡间，早上在翻译，下午拿锄头，就是"把老家种回来"的典型。

桃子新书签售会后不久，我赴台探亲。行李箱里只放着一本书，就是桃子的《藏在小日子里的慢调台湾》，原想循着桃子书中的指南"看见台湾"，但来去匆匆没能循迹而往书中的很多地方。看见台湾的角度可以是多向的，作为学子、作为旅人、作为亲人会有不同的看见，但"舒服感"也许会是共同的感受，尤其是在公共空间和艺文建设方面呈现出来的"舒服感"。它们可能不是簇新的，却是创新的；它们可能不是博大精深的，却是小而美的。

在台北、板桥、南投、台南、台东、花莲，我看见了另外一种慢。所到之处，除了夜市，晚十点，几乎找不到开着的小吃店。看不见海吃山喝的人们攒动的身影，把一个城市的夜晚蹂躏得支离破碎。人们把夜的安静还给城市，连灯光都暗淡，似乎那些灯忍不住也会打瞌睡进入梦乡……小吃店的店主们每周会店休一天，他们不从早忙到晚，不从一年的第一天忙到最后一天。在花莲，拐了好几个街道找到著名的液香扁食，恰逢店休。又找到著名的"葱油炸蛋饼",店面小到只能容男店主一人在里头挥汗如雨,两位女店主站在店外叫号、装包。从下午一点开始营业,五点就结束。虽然等候的队伍排到大街上,但叫号就到53号截止,还好排到43号……除了一个还算醒目的招牌外,这个店面没有任何装修,甚至有点寒碜,外观上一点也不美。但也许如桃子书中所说,"用手艺养活自己,照顾家人,深耕家乡,钱不在多,够用就好"。

  一页页翻阅慢调台湾,也许可以在一个岛屿的慢中,看见自己慢的可能。

所有的夜晚都会过去

——《世界上所有的夜晚》读后

如果白天都成了夜晚,这世界会是怎样一种混乱的情形?如果夜太黑,夜行的人们又该如何承受?

读迟子建小说《世界上所有的夜晚》,是在一个春天的夜晚。窗外的雨已经阴冷地持续了一天,我以为这一夜和所有逝去的夜晚没有什么不同,但是《世界上所有的夜晚》让我看到了许多别人的夜晚,令人心悸窒息的一个个夜晚,还有迟子建自己痛到骨头里的夜晚。

虽然并没有读到迟子建所有的文字,但一直喜欢她小说中弥漫在字里行间的雪国气息,轻盈透明,晶莹纯粹。生命中的忧伤、痛苦、无奈、绝望在她的文字里都像披上了她故乡漠河的雪花一样,再沉重都有融化的一刻。我更愿意把她的小说当作散文来阅读,《清水洗尘》《白雪的墓园》《逝川》《格里格海的细雨黄昏》都是一篇篇绝美的散文,有漠河北极村作故乡是多么美妙的一件事情啊!世上有许多的艰难也都还是艰难,可她的文字却总是温暖的,她的指尖像总是握着春风,春风抵达的地方,纵使冰冻三尺,人们依然听到了冰裂的声音,春天一直都在啊!

可这次不一样,迟子建遭遇了她生命中最痛最黑的夜晚,她挚爱的丈夫在一次车祸中离她远去。我有点不忍心读她此后的文字了,在她的散文集《假如鱼也生有翅膀》中有一辑是写给她的爱人的,每看一次《春天最深切的怀念》,我的心都被揪了一次。雪国的上空如果有精灵,应该在每个夜晚降临到她的身边时,用洁白的羽毛作梳子,一点一点梳走她的悲伤。这个尘世给过她多少温暖和神奇,此时似乎连根拔起一点不留全带走了。没有什么可以梳洗她的苦痛,幸好还有文字,也只有文字了,只是再也不是从前的文字了,那就是《世界上所有的夜晚》(以下简称《夜晚》)。

《夜晚》充满忧伤和钝痛,这种伤痛在平静的表象下滔滔不绝地流淌。《夜晚》中的乌塘,像一块巨大的黑布，最底层的生命在黑布下挣扎，最尖锐的痛楚在黑布下漫溢。一个盛产煤炭的地方，注定了也盛产死亡、盛产寡妇。在这里几乎每个人都目睹或经历着死亡带来的黑色震颤，像日常生活一样无法拒绝和躲避。

蒋百嫂，乌塘最受争议的一个女人，天天在街头买醉，一个接受同情又要接受嘲笑的女人。因为丈夫在矿难中不被认定为死亡的"第十人"，而成了一个"失踪者"。镇上少了一起矿难，却多了一个只能把尸体藏匿于冰柜之中的不能有葬礼的亡灵。

在卑微者面前，恶者比死亡更强大，强大得令卑微者卑微得不能有个草草的葬礼。普天之下，只有一只狗在他每天必经的路口等他，等得瘦骨嶙峋，也没能把主人等回。只有一个同样卑微的女人在停电的夜晚满街呼号："我要电！我要电！"当搜集鬼故事的"我"，偷偷掀开冰柜，地狱情景在人间出现了："一个面容被严重损毁的男人蜷腿坐在里面，他双臂交织，微垂着头，膝盖上放着一顶黄色矿帽，似在沉思。他的那身蓝布衣裳，已挂了一层浓霜，而他的头发上，也落满霜雪，好像一个端坐在冰山脚下的人。"迟子建用冷峻的笔触描写惊心动魄的死亡存在，这样的情节出自那个笔下连树木河流飞雪山川都长着清澈眼睛、都怀着美好情怀的女作家之手,让人有点猝不及防。经过沉淀平抑的痛苦已远离了泪水四溢的张扬,只闪着凛凛寒光若隐若现地潜伏在角落,匕首一样直刺向现实的深处。

唯一的安慰是,死亡和痛楚虽然足够强大,无论在虚构的小说中,还是作家自己真实的生活里,都没有让人崩溃。悲悯的水依然曲折但坚定地流过伤心的河,汹涌的暗流在肆虐之后,有清流复归。《夜晚》的结尾,像作家从前的作品一样,有温暖的亮色在暗夜中缓缓升起,那只绕指而飞的蓝蝴蝶,就是生命和生活中所有的明媚和期待啊。

有多少夜晚就会有多少白天,夜晚的尽头应该会是白天吧。每个人都有自己的夜晚,当自己的夜晚融入世界上所有的夜晚时,夜,似乎真的不那么黑了。忍住泪水,忍住悲伤,夜晚总会一点一点过去。

天堂，有时只是一个村落

海边有个村子叫"天堂"，村名惑人。去过的人提醒，去"天堂"的路不好走。

一日午后，想去"天堂"，却不知方向与路径，遂上网搜索，但上网也找不到"天堂"。

去"天堂"的路确实不好走。山高，路陡，路边是悬崖，崖下是大海。车辗转爬到山顶，又连续几个大拐下坡。一番周折，终抵天堂村口。入村小路，有杂草覆盖，草下有大窟窿，车撞窟窿，悬空。惊呼驾者：你以为去天堂的路就没有窟窿吗？

因村名"天堂"，说笑对话，便有些诡异。

"在哪里？""在天堂。""天堂？""是的，天堂。不是天上那个天堂,是地上的天堂,是天堂村。"

村子虽小,但生活的气息丰厚。

雨了多时,难得晴天,几乎每面墙上都晒着衣被。鲜艳的内衣,突兀地支在竹竿上,以各种夸张的造型撑向天空。

做了记号的公鸡,一只脚上绑着红带子,像绑着锁链。它原是一只最雄性的公鸡,才有资格成为做"喜礼"的公鸡。但此时走起路来很怪异,碍手碍脚,蹑手蹑脚,没有一点鸡样。

巨大的渔网,从海岸铺到半山,渔民在一张张修补,陷在渔网中的人,像小小的逗点。寒风吹过,逗点会晃。

天堂一村,从名到实,途中种种,诸多细节,日常,琐碎,又有点意外。这些细节隐藏的各种气息,是我记录的缘由。

写作,也许就是寻找并保存某种气息,和自己契合的气息,和自然和外部对话的气息。

朋友在听课,发来老师的上课内容:观世界,才有世界观。

我的世界，大抵是一只蜗牛的世界。漫长的时间里，似乎就在几个村庄、几条街巷、几个办公室的房间里打转。即使偶尔在地理上位移一点距离，也还是蜗牛的距离。这注定是个庸常的距离，不太可能产生辽阔的视野，却可以是亲切和熟悉的视野。

世界很小，但刚好。可以"微观"到日常的"里子"，或一地鸡毛或暗流汹涌。其间弥漫的气息，哪怕只是"茶杯里的风暴"，对一只经常迷路的"蜗牛"来说，也是上好的路遇，有些喜，有点悲。

那些气息的制造者，有的在偏远的乡间，是从前的邻居，大叔大婶阿姆阿伯，他们老了，船沉了羊丢了村子破了，但依旧要活在尘的世上。有的只是一面之缘的路人，生之多艰，咬着牙不死。有时是至亲的亲人，背着煎鱼，颠着小脚漂洋过海。有时就是一只峡谷里的蝴蝶，飞翔里也有宿命。有时在嘈杂的市井，听善良的唠叨与厚道的叮嘱。有时气息从异地来，带来宠辱不惊的风，有时又往他乡去，无从问西东。

我呼吸这些气息，以文字的方式。它们是厚厚的腐殖层，慢慢堆着，糖我捂着，盐我收着，辣椒芝麻粒也都存着。

写作有时能帮我抵住些厌倦，陷落，窒息。当然，大多时候它也不是"千斤顶"。因为这只是一只"蜗牛"的写作，缓慢，沉滞，没什么具体和像样的目标。所以，写得七零八落。

但如果写了，我也想尽力呈现最想呈现的那部分气息。过去，会以相对优美的方式记录日常，会用较多鲜艳的词语。现在，则想朴素一点表达。

因为，天堂也不尽在天上，它有时，就是人间一个小小的村落。